幽霊アパート、満室御礼!

水瀬さら Sara Minase

ALPHAPOLIS
WEB CITY SINCE 2000

アルファポリス文庫

http://www.alphapolis.co.jp/

プロローグ

『末筆ながら貴殿の今後のご健闘をお祈り申し上げます』

観測史上最も暑いと言われた夏が終わり、やっと風が涼しくなってきた九月。

買い物客で賑《にぎ》わう、夕暮れの商店街の真ん中で、転職の面接を受けた企業から届いたメールを最後まで読む。

もうっ、なんでなの？

十数社目のお祈りメールを受け取った私は、大きなため息をひとつついて、ポケットの中にスマホを押し込む。一度しまい込んだリクルートスーツを、また着る羽目になるとは思ってもみなかった。

重い足を引きずるようにのろのろと歩き出したら、急ぎ足で歩くビジネスマンと肩がぶつかった。履《は》き慣れないパンプスのせいで、カッコ悪く転びそうになる。

すれ違った女子高生に、くすっと笑われた。慌《あわ》ててさりげなく体勢を整えたけれど、
まわりの視線が地味に痛い。

なにもかもが情けなくて、涙が出そうだ。

「夕食にコロッケはいかがー？　揚《あ》げたてだよー」

そのとき私の耳に、聞き慣れた声が響いた。お惣菜店《そうざいてん》『はるみや』のおばちゃんだ。

店の前にずらりと並んだ揚《あ》げものから美味《おい》しそうな匂いが漂《ただよ》ってきて、お腹がぐ
うっと音を立てる。

ヘンなの。こんな凹《へこ》んだときでも、お腹は減るんだ。

そう思ったら今度はおかしくなって、私は百円玉を財布から取り出し、苦笑を浮か
べながらおばちゃんに声をかけた。

「おばちゃん。コロッケふたつください」

「はいよ！　コロッケふたつね！」

魚屋さんに負けないくらい威勢《いせい》のいい、ちょっと太ったおばちゃんが、紙袋にコ
ロッケを入れてくれる。この町で暮らし始めて四年半。おばちゃんとは、もうすっか

り顔なじみだ。

「あれ、小海《こうみ》ちゃん、今日は元気ないね？　なにか嫌なことでもあった？」

「え、そんな顔に出てます？」

両手で顔を隠そうとしたら、おばちゃんが豪快《ごうかい》にははははっと笑った。

「まぁ、人生いろいろあるからね！　悪いことのあとにはいいことがあるって言うし。ほら、コロッケ一個おまけしとくから、いっぱい食べて元気出しな！」

「え、いいんですか？」

「いいっていいって！　はい、どうぞ！」

そう言っておばちゃんは、コロッケが三つ入った袋を押しつけてくる。

「すみません。ありがとうございます！」

胸のあたりが、ほわっとあったかくなった。

うん。コロッケ食べて元気出そう。きっとこのあと、いいことが待っているはず。

なんて、もうおばちゃんと笑い合っている私は、かなり単純な性格だ。

東京のはずれにあるこの町には、大学入学を機に引っ越してきた。

たまたま見つけた超掘り出し物件に惹かれ、住むことを決意したのだけれど、お部屋の他に私が気に入ったのは、この昔ながらの商店街だ。

食べものは美味《おい》しいし、歩いているだけで、店のおばちゃんやおじさんがなにかと声をかけてくれる。

こういうのを『面倒くさい』と感じるひとも多いとは思う。だけど田舎《いなか》から見知らぬ土地に出てきて、なにもかもが不安だった私にとって、この商店街は心の支えとなっている大切な場所だ。

だから大学を卒業したいまも、私はこの町で暮らしている。

そして今年の春、それなりに大手の不動産会社に就職した。

就職活動がなかなかうまくいかず、やっと決まった会社だった。女手ひとつで私を育ててくれた田舎《いなか》の母は、決まるまでなにも口出しせずにいたけれど、就職が決まったことを告げると『あんたは勢いだけで突っ走っちゃうところがあるからさ。なにかヘマしてるんじゃないかって心配してたんだよ』と、とても喜んでくれた。だけど――

それがたった数か月で、職を失ってしまうとは。

なんの前触れもなく会社が倒産し、社長は雲隠れ。最後のお給料と、楽しみにしていたボーナスももらっていない。このままでは家賃を払うことも難しくなりそうで、別の不動産会社の求人に応募してみるも不採用続き……

母を心配させたくなくて、まだこの話は伝えていなかった。せめて新しい職場を見つけてから話そうと思っているんだけど、先行きは厳しい。

考えていたらまた凹《へこ》みそうで、コロッケの匂いを嗅《か》いで元気を出そうと、おばちゃんにもらった袋の中をのぞき込む。道端で食べるなんてお行儀が悪いかなと思ったけれど、美味《おい》しそうな匂いに耐《た》え切れなくなり、袋からコロッケをひとつ取り出す。

すると突然目の前に、茶色いトラ模様の猫がやってきた。目も鼻も顔もまん丸で、もふもふと太った猫だ。

この子もコロッケの匂いに誘《さそ》われてきたのだろうか。

「わぁ、かわいい！　あなた、どこの猫？」

しゃがみ込もうとした私の前で、茶トラは「にゃあ」としゃがれ声で鳴く。そして次の瞬間、私の手に飛びつき、コロッケを口にくわえた。

「あっ！　ちょっと！」

猫は歩行者にぶつかりそうになりながら、のろのろと商店街の中を歩いていく。しっぽを立て、お尻を振って歩くその姿に、一瞬噴き出しそうになったけれど、逃がすものかと声を上げる。

「こらっ！　コロッケ返しなさい！」

私が怒鳴《どな》ると、茶トラは驚いた顔で振り向いて、少しだけ歩く速度を上げた。

賑《にぎ》わう商店街の中、私はひとの間を縫《ぬ》うように追いかける。茶トラは時々振り返っては、慌《あわ》てて逃げていく。

「ほらっ、つかまえた！」

手を伸ばして、もふもふした毛並みに触れ、猫を押さえつける。

「もう、逃がさないからね？」

と言った、そのとき、私は店と店の間の狭い路地の入口に、古ぼけた立て看板があることに気がついた。何気なく文字を読むと、『満腹《まんぷく》不動産はこちら』と書かれている。

満腹不動産？　ヘンな名前。それにこんなところに不動産屋さんなんてあったっけ？

猫をつかまえたまま、首を伸ばして路地をのぞくと、奥に小さな店が見えた。

あんな目立たない場所で、お客さんはくるのだろうか。

余計な心配をしている私の前で、猫が「にゃー」と鳴き、立ち上がった。いつの間にか、コロッケを食べ終わっている。

猫はけだるそうに伸びをしたあと、ぴんっと長いしっぽを立て、路地裏に向かって少し歩き、私を振り返った。

まるで「こっちにおいで」と誘《さそ》っているかのように。

私が立ち上がると、猫はまた歩き出す。そしてこちらを振り返り、「おいで」と言わんばかりの顔つきで「にゃあ」と鳴く。

「私を案内してるの？」

猫の不思議な仕草《しぐさ》に引き寄せられ、私は路地の奥へ入り込む。

ゆっくりと歩いていた猫は、不動産屋の前で立ちどまり、あまりかわいくない声で、もう一度「にゃー」と鳴いた。

小さな平屋建ての店の正面はガラス張りになっていて、物件の写真や図面がべたべたと貼ってある。町でよく見かける、ありがちな不動産店だ。

中をのぞき込もうとしたけれど、張り紙がいっぱいで見えない。それにひとのいる気配もない。

怪しすぎる――

本能的になにかを感じ、くるりとまわれ右をして立ち去ろうとしたとき、たくさんの図面の中に一枚だけ、違う種類の張り紙を見つけた。

『従業員さん急募！』

私はその文字に目を奪《うば》われて、続きを読む。

『条件。猫好きなひと』

「猫？」

頭の中が「？」マークでいっぱいになる。ちなみに猫は好きだ。

「お部屋をお探しですか？」

すると突然、背中に声がかかった。振り返ったところ、まん丸い顔の太ったおじさんが、満面の笑みで私を見ている。髪はちょっと寂《さび》しいけれど、愛嬌《あいきょう》のあるおじさんだ。

「い、いいえ。違うんです」

　私が苦笑いで答えると、おじさんは私が見ていた張り紙をちらりと見て、合点《がてん》がいったとばかりに「ああ！」と声を上げる。

「うちで働きたい方ですね？」

「あ、いえ。私はただこの猫に……あれ？」

　足元を見下ろすと、さっきの茶トラがいない。

「猫は、好きですか？」

　おじさんはにこにこしながら私に聞く。

「は、はい。猫は好きですけど」

「じゃあ決定ですね」

「は？」

　私はぽかんとおじさんを見上げたあと、「いやいやいや」と両手と首を振る。

「違うんです。私はとおりかかっただけで。たしかに仕事は探してますけど」

「だったらちょうどいいじゃないですか。これもなにかのご縁。いま、ひとがいなくて困ってるんです。明日からでもきてくれると、大変助かるんですけどね」

「ちょ、ちょっと待ってください。私のことなんにも知らないのに、いいんですか？」

言いたくないけど、十数社連続、不採用の私ですよ？

「ええ。さっき猫好きだって言いましたよね？」　それだけで十分です」

おじさんはそう言ってまたにこにこと微笑むと、ガラスの引き戸をカラリと開けた。

「どうぞ。中でお茶でもしながら話しましょう。ん？　それはもしかして『はるみや』のコロッケ……」

おじさんがくんくんと匂いを嗅《か》ぐ仕草《しぐさ》をして、私の持っている紙袋に目を向ける。

「美味《おい》しいんですよね。それ……」

「え、ええ」

コロッケの袋を食い入るように見つめるおじさんのお腹が、ぐうっと鳴った。

「よかったら……おひとついかがですか？」

このまま中に入ったら危ない世界に引きずり込まれるかも、なんて不安がよぎったけれど、おじさんのつぶらな瞳に負けて、ついそう口にしてしまう。

するとおじさんは頭をかきながら、照れくさそうに笑った。

カウンターと椅子が並んでいる狭い店の中で、私はおじさんと向かい合って座る。

おじさんが私があげたコロッケをさくっと食べる。

「うん。やっぱり『はるみや』さんのコロッケはサイコーですね」

私は「いただきます」とつぶやいて、さりげなく店内を観察しながら、おじさんが淹《い》れてくれた熱いお茶をひとくちすすった。

「この衣のサクサク感と、中のじゃがいものゴロゴロ感がたまりません。しかも一個三十円ときた」

「はぁ……」

美味《おい》しそうにコロッケを頬張っているおじさんを見て、ちょっとだけ「かわいいな」なんて思ってしまい、慌《あわ》てて首を横にぶんぶんと振る。

こんなところでなにをやってるんだろう、私。部屋に帰ってコロッケを食べて、さっさと寝ようと思っていたのに。

悶々《もんもん》と自問自答をしていたところ、私のスマホが音を立てた。画面を見ると母からの電話だ。

なんだか嫌な予感がする……

「どうぞ。出てかまいませんよ」

コロッケをもぐもぐ食べながら、おじさんが言う。

「すみません。では失礼して」

お言葉に甘えて、私は電話に出ることにした。

『あ、小海？　いま仕事中？　忙しい？』

すると、母の快活な声が電話口から響いてくる。

看護師として忙しく働いている母は、明るくて姉御肌で、看護師仲間や患者さんたちからも頼りにされている存在らしい。そして、幼いころに父を亡くした私の、父親代わりでもあった。

「ううん。大丈夫だけど……どうしたの？」

『お母さんね、来週東京にいこうかと思ってるの』

「ええっ？」

『観たかったミュージカルのチケットが取れたのよ。たまにはいいでしょ？　二日間、お休みもらえたし。終わったらあんたの部屋にいくから、泊まらせて。仕事、何時ごろ終わる？』

来週うちにくる？　まずい。

母はいつもこんなふうに、私の都合などおかまいなしに、勝手に予定を決めてしまうのだ。母は私のことを勢いだけで突っ走っていると言うけれど、それは母の方だと思う。

「えっとぉ……」

仕事がなくなってしまったことをあやふやにしてきたが、会っていろいろ突っ込まれたら、ごまかせる気がしない。やっぱり母には心配をかけたくないから、せめて次の就職先が決まっていればいいんだけれど。

私は落ちつかない気持ちでスマホを耳に当てたまま、目の前のおじさんに視線を向けた。おじさんはコロッケを食べ終わり、残りのコロッケを凝視《ぎょうし》している。

私が目で「どうぞ」と合図し、袋ごとコロッケを差し出すと、おじさんは両手を合わせてちょこんとおじぎをし、二個目のコロッケに手を伸ばした。

「し、七時過ぎならいると思うけどな……」

『じゃあ、そのころいくわ』

母はそれだけ言うと、電話を切った。呆然とスマホを見つめる私に向かって、おじさんは二個目のコロッケを口にしながら言う。

「勤務時間は九時から五時。週休二日、残業なし。お給料は手取り月二十万ほどでいかがでしょう」

「えっ？」

私はなんの話をされているのかわからず、咄嗟《とっさ》に聞き返す。

「お給料、二十万じゃ少ないですか？　もちろんボーナスもありますよ」

「っ！　い、いえっ」

この前までいた会社より多いじゃないか。ちょっとだけ気持ちが揺《ゆ》れうごく。

「でも私、大学出たばかりでお役に立てるか……やりたかった仕事ではあるんですけど」

「なりたかったんですか？　不動産屋さん」

「はい！　宅建も持ってます！」

実は私は、子どものころからずっと不動産業界に憧れていた。人が住居を探すとき——人生の新しいスタートを切るときに立ち会えるのは、なんとも素敵なことだと思う。

「たくさんのお客様に喜んでいただけるようなお部屋を、探してあげたいと思っているんです！」

「お部屋探しですか。うーん、残念ながらうちはこのとおり、お客さんがほとんどきませんからね。あまりそういった仕事はないかもしれないです」

「で、では、どういった仕事を？」

もしかしてヤバい仕事だったりして。

ひるむ私に、おじさんはコロッケの最後のひとくちを口に放り込んでから、にっこり微笑む。

「猫のお世話です」

「ねこ？」

「はい。うちが管理しているアパートの庭で暮らす、一匹の母猫と五匹の子猫ちゃんたちに、ご飯をあげて欲しいのです。朝と夕方の二回。私がやればいいんですが、どうも猫アレルギーのようでして」

おじさんはそこまで言うと、くしゅんとかわいらしいくしゃみをした。

「はぁ……それは問題ありませんけど。他には……」

恐る恐る聞いてみる。

「それだけです」

「え、それだけ?」

「はい。それだけです」

猫の世話だけで月二十万? 怪しすぎるでしょ、このお店。

私が顔をしかめていると、おじさんは机の引き出しから一枚の写真を取り出した。

そこには、古い二階建てアパートが写っている。

「これがいま、うちが管理しているユーレイ荘です。漢字で書くと優雅の優に華麗の麗で『優麗荘《ゆうれいそう》』。どうです? 綺麗な名前でしょう? 駅の反対側にある物件です」

たしかに名前は素敵だが、建物は綺麗とはとても言い難く、いまにも崩れそうな佇《たたず》まいだった。

「ここの101号室に住んでいたおじいさんが、先日部屋で亡くなってしまいましてね」

「え、亡くなった?」

もしかして事故物件ってやつなんじゃ……

私は不安を感じ、体を強張らせた。

「いや、殺人とか自殺とか、そんな物騒《ぶっそう》なもんじゃないですよ。おじいさん、九十歳の一人暮らしだったんですけど、前日までピンピンしていたのが、ある日突然コロリと逝《い》っちゃいまして。ピンピンコロリってやつですね。他の住人さんが気づいて教えてくれたんです」

「はぁ……」

「そのおじいさんが庭で世話していた猫が、ご飯を欲しがって鳴くんですよ。きっとまだ、おじいさんが生きていると思ってるんでしょうね」

おじさんが急にハンカチを取り出して目頭を拭《ぬぐ》う。そして戸惑《とまど》う私の両手を、ふかふかした手でぎゅっとにぎって、すがるように言った。

「だからその猫たちを助けると思って。ぜひこの店で働いていただけませんか？」

そんなふうに頼まれたら、断りにくい。私だって、猫、好きだし……

するとおじさんが、私の手をさらに強くにぎりしめる。

「お仕事、探しているんでしょう？」

痛いところを突かれ、私はぐっと息を呑む。

「うちはこのとおり小さい店ですが、社会保険はもちろん完備、有給休暇は自由に取ってかまわないですし、住宅手当もありますよ。従業員ファーストの、ホワイト企業だと自負しています」

私の頭に次々と、お祈りメールを送ってきた不動産会社の名前が浮かぶ。

どこの会社も、私のことを「いらない」と言った。だけどこのおじさんは、私を必要としてくれている。もしかしてこれは、この業界に入る最後のチャンスなのかもしれない。

それに来週には母が家にくる。とりあえずでも、仕事が欲しい。

「わ、わかりました。私でよければ……」

「ありがとうございます！　猫たちも喜びます！」

おじさんが本当にうれしそうに、私の手を上下に振る。

まあ、いいか。このおじさん、そんなに悪いひとじゃなさそうだし。猫のお世話だけしてお給料がもらえるなんて、かなりオイシイ話だ。少し働いてみて、あまりにも怪しかったら、辞めさせてもらおう。

「私は店長の満腹《まんぷく》と申します。店長といっても、従業員は私ひとりしかいませんけどね」

「あ、私は一ノ瀬《いちのせ》小海です。こうみっていうのは小さい海と書きます。よろしくお願いします！」

ぺこりと頭を下げると、おじさんはにっこりと笑って言った。

「小海ちゃんですか。かわいらしいお名前ですね」

「父がつけてくれたんです。実家のそばに静かな海の入り江があって。父はその場所を、すごく気に入ってたみたいなんです」

「それはそれは。きっと素敵なお父様なんでしょうね」

おじさんの言葉に、私の胸がふあっとあたたかくなる。

私の名前と、私の父を褒《ほ》めてくれたおじさん――いや、満腹店長のもとでなら、安心して働けるかもしれない。

店を出たあと、私は『はるみや』に寄って、もう一度コロッケを買った。そのとき、ほっとした気分が、どうやら顔に出ていたらしい。

おばちゃんは私を見て、一瞬「あれ？」と不思議そうな表情をした。けれど、「ほら、今度はいいことあったでしょ？」と笑って、また一個おまけしてくれたのだった。

第1章

「よしっ」

黒いスーツに白いシャツ。ナチュラルメイクで、肩までの黒い髪をひとつに束《たば》ね、私は鏡の前で気合を入れた。

今日は『満腹不動産』への初出勤。ちょっとドキドキだけど、とりあえず仕事が見つかってよかった。

昨日、大学時代の友人『かのちゃん』に電話で、満腹不動産で働くことになった経緯を話した。かのちゃんは大手の不動産会社で売買の担当につき、毎日先輩と一緒に、バリバリ営業にまわっているそうだ。

『小海。それって本当にオイシイ話なの？　私にはアヤシイ臭いしかしないんだけど』

背が高く、モデルみたいに美人なかのちゃんは、童顔で子どもっぽく見られる私のことを、まるでお母さんのように心配してくれる。

『猫の世話だけしていればいい不動産屋なんて、聞いたことないよ。もっとよく考えて決めた方がよかったんじゃないの？』

「でも店長さん、悪いひとじゃなさそうだったし。とりあえず働いてみるよ」

『あんたねぇ……ヤバい仕事させられそうになったら、すぐ逃げるんだよ』

「かのちゃんは大げさだなぁ」

『小海がノー天気すぎるんだよ』

頭の回転が速く、しっかり者のかのちゃんだけど、ちょっと心配性なところがある、と私は思っている。

そんな昨日のやりとりを思い出しながら、私はアパートを出た。

アパートから商店街まで徒歩五分。満員電車に乗ってかよっていた前の会社に比べると、今度の通勤は超楽だ。

「おはようございます！」

スーツ姿で元気よくガラス戸を開ける。しかし店内には誰もいなかった。

「あれ？」

きょろきょろと中を見まわしてみるものの、満腹店長の姿は見えない。

店は開いているのに無人なんて……昨日もそうだったけど、盗難など大丈夫なんだろうか。

心配しながらカウンターの上を見ると、昨日のアパートの写真と、キャットフードの入った袋が置いてあった。

『猫ちゃんたちに、朝のお食事をお願いします』

袋にはやけに丸っこい文字で、そう書いてある。

「……ひとりで勝手にいけってこと？」

写真を手に取って、ガラス戸の外を見る。依然、店長がやってくる気配はない。

するといつの間にか店の中にいた昨日の茶トラが、私の足元に擦《す》り寄ってきた。そしてガラス戸の隙間から、ゆっくりと外へ出ていく。

「もしかしてまた、案内してくれるの？」

立ちどまって振り向いた茶トラは今日も、ついておいでとでも言うように、のろのろと歩き出す。

私はキャットフードと写真を手に持ち、猫を追いかけて店をあとにした。

まだ静かな朝の商店街をとおり抜け、駅前の踏切を渡り、線路の反対側に向かう。

しっぽを立てた茶トラは、時々私を振り向き、ついてきていることを確かめている。

もしかして昨日までは猫の餌《えさ》やりを店長がやっていて、この猫も毎朝こうやって店長と歩いていたのかもしれない。うん、きっとそうだ。

線路を挟んで私のアパートがある南側は、昔ながらの商店街があり賑《にぎ》やかだけど、北側は、新しくできたマンションや一軒家が建ち並ぶ閑静《かんせい》な住宅街だ。

同じ町なのに、なんだか全く違う場所へ迷い込んでしまったような、不思議な気持ちがする。

猫について住宅地をしばらく歩くと、写真どおりのアパートが見えてきた。

新しい家が建ち並ぶ中、この木造二階建てのアパートだけが、時代に取り残されたみたいに昭和の雰囲気を醸《かも》し出している。

緑の垣根に囲まれた敷地をのぞいてみると、アパートのベランダに面した狭い庭で、母親らしき三毛猫と、黒色と白色の子猫二匹がのんびりと昼寝をしていた。少し離れた草の上では、母親と同じ毛柄の子猫が三匹、じゃれ合って遊んでいる。

「かわいい！」

茶トラは、垣根の端にあるさびついた門から、慣れた様子で庭へ入っていく。私もそれに続くと、気づいた母猫が起き上がり、同時に子猫たちが私のまわりに集まってきた。

「わぁ……」

にゃーにゃーと一斉《いっせい》に鳴き始める子猫たち。慌《あわ》ててキャットフードを取り出そうとしたけれど、あっという間に猫たちに囲まれパニックになる。

にゃーにゃー、にゃーにゃー。

足に擦《す》り寄る子、飛びついてくる子、おとなしく待っている子。さっきの茶トラもちゃっかり仲間に加わっている。合計七匹。

「ちょっ、ちょっと待ってぇ」

この子たちにいっぺんにフードをやるって、どうすればいいんだろう。

猫に囲まれあたふたとしていたら、突然上から声が降ってきた。

「猫のご飯、持ってきてくれたんですか？」

声の聞こえた方向に顔を上げる。すると二階の真ん中の部屋のベランダから、同い年くらいの男の子が私を見下ろしていた。

自然な黒髪にほっそりとした顔つき。白いTシャツと黒のスウェットパンツの上に、青いパーカーを羽織《はお》っている。

「そうです！　猫にご飯をあげにきました！」

キャットフードの入った袋を高く上げると、男の子は「ちょっと待っててください」と、無表情で言って、部屋の中に引っ込んだ。

二階の住人さんかな。もしかして手伝ってくれるのだろうか。期待しながら待っていたら、さっきの子がサンダルを履《は》いて庭に出てきた。

「キャットフード、貸してください」

「あ、はい」

ドライフードを渡すと、その子はどこからか持ってきたふたつの洗面器の中に、それを次々と流し込み、手際《てぎわ》よく地面に並べた。

「ほら。ご飯だぞ」

男の子が声をかけると、猫たちは私の足元から離れ、洗面器に群《むら》がっていく。

「こうやっておけば、勝手に食べますから」

「あ、ありがとうございます」

「あとこれに、水を入れてあげてください。水道はそこにあります」

「わかりました」

ほっとしながら、私は別の洗面器をふたつ受けとる。

よかった。助かった。愛想はないけど、親切なひとなのかもしれない。

「満腹不動産のひとですか？」

庭にあった水道で洗面器に水を入れて、猫のそばに置くと、男の子にうしろからたずねられる。私は振り向いて、彼を改めて眺《なが》めた。

背がひょろっと高く、華奢《きゃしゃ》な体つき。私は背が低いのがコンプレックスなので、ちょっと羨《うらや》ましい。それによく見ると、なかなか整った顔立ちをしているじゃないか。

「はい、そうです。今日から満腹不動産で働くことになった、一ノ瀬小海と申します」

「こうめ？」

「いえ、小さい海と書いて『こうみ』です」

「なるほど。小海さんですね」

男の子は私のことを、観察するようにじいっと見てから、自分の名前を名乗った。

「僕は202号室に住んでいる、小比類巻日向《こひるいまきひなた》っていいます」

「こひるいまきさん？」

「ああ、下の名前で呼んでもらって大丈夫です。小比類巻って言いにくいでしょ？　だからみんな日向って呼ぶんです」

「え、あ、はい。じゃあ日向さん」

「『さん』づけはちょっと……たぶん僕の方が年下ですよね。二十だから」

ああ、そうなんだ。二十歳か。私より年下なのに、ずいぶん落ち着いている。

「では日向くん、とか？」

「はい。では僕も小海さんって呼ばせてもらいます。その名前気に入ったので」

気に入ったって……冷めた口調でさらっと言うなぁ。まぁ、父のつけてくれた名前を気に入ってもらえるのはうれしいけど。

私は苦笑いを浮かべながら、ちょっと不思議な雰囲気が漂《ただよ》う『日向くん』に聞いてみる。

「あの、日向くんは……ここに住んで長いんですか？」

なんとなく、そんな気がしたのだ。やけにこの場に馴染《なじ》んでいる感じだし。

「五年半くらいです」

「ご家族で？」

「いや、ずっとひとりです。高校入学と同時に入居して、一昨年《おととし》の春、高校は卒業しました」

高校生で一人暮らし？　あんまり聞かないけど。でもきっとなにか、理由があるのだろう。

気がつくと、キャットフードを食べ終わった猫たちが、それぞれ好きな場所に散っていた。お昼寝をするもの、毛づくろいをするもの、さっそく遊び出すもの。

すると、あの茶トラが日向くんの足元に擦《す》り寄ってくる。日向くんがしゃがみ込んで「よしよし」と頭をなでてあげると、茶トラは気持ちよさそうに、ごろごろと喉《のど》を鳴らす。

いいなぁ、猫たちは自由で。そういえばこれから私は、なにをすればいいのだろう。とりあえず、満腹店長を捜《さが》さなきゃ。

「それでは私はこれで……」

「満腹さん、店にいなかったでしょ？」

店に戻ろうとした私に日向くんが問いかける。

「え、ええ」

「あのひと、自由人だから。もう少しここにいてもいいんじゃないですか？　どうせやることないんだろうし」

日向くんは、そう言って、ごろんと寝転がった茶トラのお腹をなでた。

たしかに戻っても、まだ店長はいない気がする。捜《さが》すといっても、どこを捜《さが》したらいいのかわからないし。

仕方なく私も日向くんの隣にしゃがみ込む。すると黒い子猫がみゃーみゃー鳴きながら、私のそばに寄ってきた。どうやらこの子は甘えん坊のようだ。白い子猫は、母猫の陰に隠れて近寄ってこない。

「あの、この猫たち、おじいさんがお世話していたそうですね」

「はい。でも死んじゃったんです。友朗《ともろう》さん」

友朗さんっていうのか、101号室に住んでいたおじいさんは。もしかしておじいさんが亡くなったのを発見したのも、日向くんなのかもしれない。なんとなくそんな気がした。

「日向くんは……友朗さんと、仲がよかったんですか？」

黒猫をなでながら聞いてみる。

「はい。猫好きの、やさしいおじいさんでした。いつも猫たちのことを心配してて……わしがいなくなったら、誰がこの子たちの世話をしてくれるんだろうって、口癖のように言っていました」

「大丈夫です。私がちゃんとお世話しますから」

私は力強くうなずいて、そう口にした。

そのために私は雇《やと》われたのだから。

足元の黒猫が「にゃあ」と鳴く。日向くんは茶トラをなでながら、ほんの少し微笑む。

「友朗さん、きっと喜んでます。小海さんがきてくれて」

そう言ってもらえると、この仕事もやりがいがある。

茶トラがのんびりと立ち上がり、首をぷるぷると振って、庭から出ていく。

「あ、帰るのかな」

私も一緒に立ち上がる。やっぱり店長が帰っているかもしれないから、店に戻らないと。

そのとき一階の窓に人影が見えた。このアパートは下の階にファミリータイプの部屋がふたつ、上の階に単身者向けの部屋が三つある。人影が見えたのは、一階の奥、102号室だ。

窓からこちらを見つめていたのは、ボブカットで黄色い花柄の服を着た、四、五歳くらいの小さな女の子だった。女の子は私の視線に気づくと、シャッとカーテンを閉めてしまう。

「恥ずかしいのかな……あの子」

女の子の様子を見てつぶやいた私に、日向くんはちょっと驚いたような表情を向ける。

「小海さん」

「はい？」

「見えたんですか？」

見えたって……そんな、幽霊みたいな言い方しなくても。

「ええ。カーテンの陰から女の子がのぞいてました。私の顔を見たら、びっくりしたのか隠れちゃいましたけど」

一瞬黙り込んだ日向くんが、「そうか」とつぶやく。

「その子、102号室のミウちゃんです」

「ミウちゃんっていうんですね。今度挨拶《あいさつ》してみます」

恥ずかしがり屋さんなのかもしれない。

「それでは、私はこれで。また夕方にきますね」

「はい、待ってます」

そう口にして、日向くんは小さく微笑んだ。

「あ、小海さん。連絡先を教えてもらえますか？　この先、知っていた方がなにかと便利だと思うので」

思い出したように言うと、彼はポケットからスマホを取り出した。

「ええ、いいですよ」

私はうなずいて自分のスマホを手に持つ。連絡先を交換している間、日向くんって、なにをしているひとなんだろうと考える。

高校を卒業したって言ってたから、やっぱり大学生なのかな？　大学生はまだ夏休みだっけ？　なんとなく社会人ではないような気がする。あ、もしかしたらフリーターってやつ？　猫みたいに自由な感じがそれっぽい。

とりとめもなく考えながら、連絡先を交換し終え、私は庭を出ようと歩き出す。

「小海さん」

すると、門の前に差しかかったところで、日向くんに呼びとめられた。

「はい？」

「小海さんって」

日向くんは真面目な顔つきのまま続ける。

「霊感は強い方なんですか？」

「は？」

突拍子もない質問に、私は思わず頓狂《とんきょう》な声を上げた。

「霊感。幽霊とかおばけとか、そういうの、よく見えちゃうひとですか？」

質問された意図はわからなかったけれど、私は首を横に振り、答える。

「いいえ。怪談話やホラー映画は、大の苦手です」

「あ、そうなんですか」

「それが……なにか？」

ドキドキしながら聞く。

「いや、なんでもないです」

日向くんは、ちょっと意味深に口元をゆるめた。

なんでもないって言われても、そんなこと聞かれたら気になるじゃない。このアパートで亡くなったっていうおじいさんのこともあるし……なんか怖い。

そのとき、私を呼ぶように茶トラが鳴いた。見ると、門を出たところで立ちどまり、私のことを待っている。

「じゃ、じゃあ、また」

「はい。また」

足元に猫を何匹かまとわりつかせながら、日向くんが言う。

私はぺこりと頭を下げて、歩き始めた茶トラのあとを追いかけた。


店に戻っても、満腹店長はまだいなかった。

仕方なくカウンターに座って店番をするが、お客さんがくる気配は全くない。

なにもしないままでいるのは落ち着かなくて、私は店の中からほうきと雑巾《ぞうきん》を見つけ、掃除《そうじ》をすることにした。狭い店内にはカウンターと椅子、書類や新聞が積み重なった事務机と電話、小さなコピー機があり、あとは本棚に難しそうな本がたくさん並んでいる。

床をほうきで掃《は》いて、カウンターや机の上を雑巾《ぞうきん》で拭《ふ》く。書類や本を整理してから、お店の顔であるガラス戸もピカピカに磨《みが》いた。

それでも店長は現れない。大丈夫だろうか……このお店。

綺麗になった店内をぼんやりと眺《なが》めると、『優麗荘』と背表紙に書いてあるファイルを戸棚に見つけたので、取り出してみる。中には賃借人と交わした契約書が挟んであった。

「101号室、小豆《あずき》友朗さん……例のおじいさんか……」

椅子に座ってじっくり見てみると、最初の契約書は友朗さんのものだった。その契約書を確認してから、次の契約書を見る。

202号室。賃借人名、小比類巻正《ただし》。日向くんの……お父さんだろうか。ひとりで住んでいるって言っていたけれど、父親名義で借りているのかもしれない。

「あれ？」

ぱらぱらとページをめくっていたら、おかしなことに気づいた。他の部屋の契約書がないのだ。少なくとも102号室には女の子の家族が住んでいるはずなのに。

「契約書、交わしてないとか?」

いい加減そうなお店だから、そういうのもありえるかも。

「ああ、小海ちゃん。おはようございます」

突然かけられた声に顔を上げると、昨日と同じ満面の笑みを浮かべた満腹店長が店に入ってきたところだった。

「おはようございます」

「ご飯、あげてくれたんですね。猫たちも喜んでましたよ」

ん? どうして私が餌《えさ》を与えてきたことを知っているんだろう。あ、もしかして、店長もあのアパートに寄ってきたのかな?

「あれ、ひょっとして掃除《そうじ》もしてくれました?」

店長は店の中をきょろきょろ見まわす。

「はい。することがなかったので」

「ありがとう、ありがとう。本当に助かります」

そう言ったあと、店長はふうっと一息ついて椅子に座った。

「お茶、淹《い》れましょうか？」

「いいんですか？　それではお言葉に甘えて。でも温《ぬる》めでお願いします。猫舌なものでね」

「はい」

私はくすっと小さく笑って立ち上がる。店の隅にお湯を沸かせるポットと、急須《きゅうす》や湯呑みなどのセットがあるのは、さっき掃除《そうじ》をしたときに確認済みだ。

「小海ちゃんも勝手に飲んでかまわないですから。足りないものがあったら買ってきてくださいね。あ、領収書も忘れずに」

「わかりました」

お茶の用意をしながら、あとでコーヒーを買ってこようと、心の中でちゃっかり決める。

「あ、店長。さっき202号室のひとに会いました」

私の渡した湯呑みを両手で持って、ふーふーと慎重に息を吹きかけている満腹店長に言う。

「ああ、日向くんですね。なかなかイケメンだったでしょ?」

店長の言葉を聞いて、私は彼の姿を思い出した。

……確かに。

女の子にキャーキャー言われるタイプでは決してないけれど、ひそかに陰で見守る隠れファンがいるような、そんな感じ。

「でもあの子、若いのに覇気《はき》がないっていうか……なんか落ち着き過ぎちゃってるっていうか……」

私の言葉を聞いて、店長がははっと笑った。

「高校生のころから、あそこにひとりで住んでいるって言ってましたけど」

「あの子もいろいろと苦労してるんです」

お茶をすすりながら、店長はしみじみと言う。

『いろいろと』が気になったけど、深く突っ込むのはやめておいた。

「それよりあのアパート。他にも入居者さん、いらっしゃいますよね?」

私は優麗荘のファイルを手にして聞いてみる。店長はぎょっとしたように、丸い目をさらに丸くして、それから私の顔をじっと見つめる。

「日向くんに……聞いたんですか？」

「いえ、102号室の女の子を見かけたので」

「小海ちゃんが……見かけたんですね？」

「はい。でも契約書、ないみたいですけど？」

そう言って詰め寄る私に、店長が苦笑いで答える。

「ああ、そのへんは適当なんです。口約束で借りているひともいますしね」

やっぱり。いい加減な管理会社だ。オーナーさんは、それでよいのだろうか？

「あの、優麗荘の大家さんって」

「それは私です」

「え？」

「私が大家なんです」

満腹店長は自分を指で差しながら、にっこりと笑う。

「昔はね、他にも管理している物件がたくさんあったんですけど、駅前に新しくできた不動産屋にみんな取られちゃいまして。いまうちが管理しているのは、私が所有しているあそこだけ」

「そ、そうなんですか」

たったそれだけでやっていけるのだろうか。私のような従業員まで雇《やと》っちゃって。もしかしてここも倒産してしまうかも、と、なんだか急に不安になってきた。

「で、他のお部屋はどうなってるんですか？」

「優麗荘は満室御礼です。あ、友朗さんが亡くなられたので、ひと部屋空《あ》いちゃいましたか」

意外と埋《う》まってるんだ。なんて、大家さんの前で失礼だけど。

あのレトロで昭和な感じが人気だったりするのだろうか。

「じゃあ、101号室、入居者を募集した方がいいですよね」

「えっ、ああ……でもお客さんきますかねぇ」

「そんなこと言ってないで、頑張りましょう！　ね！」

店長は奮起する私から視線をそらして、お茶をすする。なんだかやる気がないようだけど、私はあの物件を満室にすることを、勝手に目標としたのだった。

「これでよし！」

店長と話してすぐに作りはじめた101号室の入居者募集の広告を、店のガラス戸に貼り、私は満足げにうなずいた。

いまどきこの店にはパソコンがないから、写真を切り貼りして、文字は手書きで書いた。家賃はもちろん格安。これを路地の入口にある立て看板にも貼ろうと思う。

「あ、もうこんな時間」

ふと店の壁にかけられた時計に目を向けると、夕方四時だった。猫たちにご飯をあげる時間だ。

今日一日、ものすごくごちゃごちゃと散らかっていたお店の片づけや、買い出し、広告作りなんかをしていたら、あっという間に時間が過ぎてしまった。

満腹店長は暇そうにお茶を飲んだり、新聞を読んだりしていて、気づくとふらりとどこかへいってしまう。ちなみにいまも店にいない。本当に自由なひとだ。

私はふうっとため息をつき、キャットフードを手に持ち、店を出た。

優麗荘の庭に着くと、猫たちが待ちわびていたかのように、にゃーにゃーと私の足元に集まってきた。見るとちゃっかりあの茶トラも仲間に入っている。

私はしゃがんで洗面器にキャットフードを入れ、猫たちの前に置いた。

「小海さん」

頭上から声をかけられて上を向くと、ベランダから日向くんが、無表情のままひらひらと手を振っている。

「いまそっちにいきます」

日向くんはそう言って、一旦部屋の中に姿を消し、朝と同じくサンダルを履《は》いて庭に出てきた。

「大変ですね。猫の世話」

「いえ、これが仕事ですから」

私は、隣に座った日向くんの前で苦笑いをする。彼の服装は朝と同じで、どこかへ出かけた気配はない。

「えっと、日向くんは、大学生？」

朝からずっと気になっていたことを聞いてみる。すると日向くんは猫たちを眺《なが》めながら、ひょうひょうとした調子で答えた。

「いや、違います。フリーター……っていうんですかね。いまはコンビニで夜勤のアルバイトをしてます」

「へぇ……」

フリーターでやっていけるのかな。家賃も払わなきゃいけないのに。

でも店長が「あの子もいろいろと苦労してるんです」って言ってたから、なにか事情があるのかもしれない。

「ひとりで寂《さび》しくない？」

そう聞いた私に日向くんが答える。

「いえ、全然。むしろ気楽なんですよね、家族といるより、ひとりでいる方が。だから一人暮らしさせてって僕から親に頼んだんです。そしたら超高級なタワーマンションを契約してきて。そんな気取ったところに住みたくないから、自分で見つけたんです、このアパート」

そういえばこの部屋の契約者は、日向くんではない人の名前になっていた。お父さんかな、と思ったけれど、やっぱりそうだったみたいだ。

「そ、そうなんだ……高校生にタワマン契約してくる親御さんって、なかなかすごいね」

「うちの親、金持ちなんで。世間体とかそういうの気にするんです。だから僕がここに住んでいるのも気に入らないみたいですね。でもいまは自分で家賃払ってるし、好きにさせてもらってます」

なんか……違う。

苦労してるっていうから、勝手にいろいろ想像していたんだけど、お金持ちのちょっと変わったお坊ちゃんだったのか、この子。

私は立ち上がって、ポケットから鍵を取り出した。

「では、私は仕事があるので失礼します」

「仕事？」

日向くんが不思議そうに私を見上げる。

「101号室をちょっと見せてもらおうかと。これから新しい入居者さん、募集しなくちゃいけないし」

亡くなったひとの部屋というのは、ちょっと気が引ける。でも満腹店長の話だと、もうクリーニングは終わっていて、いつでも入居できる綺麗な状態だという。

「それでは」

背中を向けて庭から立ち去ろうとした私に、日向くんが声をかけてくる。

「ひとりで大丈夫ですか？」

どういう意味だろう。亡くなったひとの部屋だから怖がるとでも思っているの？　たしかにホラーは苦手だけど……これでも一応社会人。こんな年下の子に、心配されなくても大丈夫なはず。

私は振り返り、澄《す》ました顔をして答える。

「べつに……仕事ですから」

「いや。今朝、見えたって言ってたから」

「見えた？　なにが？」

なにかあったっけ？

朝のことを思い出そうとしていると、日向くんが私の鍵をさっと奪《うば》った。

「僕も一緒にいきます。友朗さんの部屋」

「え、ちょっと、待って……」

とめようとした私をすり抜けて、日向くんは建物の裏にまわり、慣れた手つきで101号室の鍵を開けた。

背の低い私は、背の高い彼の横からひょこっと顔を出し、部屋の中を確認する。

玄関を入るとすぐに広い台所があった。古い造りで、昔ながらの流しとふたくちコンロがついている。その脇にあるのが、トイレとお風呂のドアだろう。奥には和室がふたつ。突き当たりの大きな窓の向こうは、猫たちのいる庭だ。

中はがらんとしていて、静かだった。壁や床は古く見えるけれど、満腹店長の言うとおり、クリーニングはちゃんとされているようで、不潔な感じはしなかった。

言われなければ、ここでお年寄りが亡くなったなど思えない。

日向くんが少し体を横に避《よ》けて、こちらを振り向いた。私はちらりと彼の顔を見上げたあと、なにも言わずに、部屋の中に足を踏み入れる。

ぎしりと床が軋《きし》み、一瞬、ぞくりと背中に冷たいものが走った。

「な、なにかした?」

慌《あわ》てて日向くんを振り返ると、彼は黙って首を横に振る。

そうだよね。なにもするわけないよね。おじいさんの話を聞いたからって、ビビりすぎだ、私。

そんなことよりちゃんとお部屋の中を確認して、お客さんにご案内できるようにしなくちゃ。

気を引きしめて、部屋の中に入る。すると、また背後でぎしっと床が鳴る。

驚いてうしろを見ると、すぐそばに日向くんが立っていた。

「お、脅《おど》かさないで！」

「べつに脅《おど》かしてないです。小海さんがビビってるだけでしょ」

そ、そうなんだけどっ。そのとおりなんだけど。日向くんが「見えた」とかなんとか、ヘンなこと言うから……

「あのっ！」

私は日向くんの方に体を向けて、声を張り上げる。

「はい？」

「ついてこなくてけっこうです！　部屋を見るだけですから！　ついてこられると余計怖いっていうか……とにかく大丈夫ですから！」

「でも小海さん、震えてる……」

日向くんがそう言うのと同時に、誰もいないはずの背後から腕をぎゅっとつかまれた。その手があまりにも冷たくて、ぎゃーっと大きな声を上げる。

私は完全に腰を抜かし、床にへなへなと膝《ひざ》をついた。

「大丈夫ですか……お嬢さん」

すると突然、声をかけられた。

うしろに誰かがいる。それに声も……日向くんのものじゃない。

私は恐る恐る声の聞こえる方へ頭を向けた。

「そんなに怖がらないで。わしはなにもしませんから」

「……っ」

人間、本当に怖いときは叫び声も出ないらしい。

私は口元に手を当て、どすんとしりもちをついた。そのままうしろに倒れそうになったところを、日向くんに支えられる。

「やっぱり、見えるんですね。小海さん」

「見え……見える……」

私は目の前にいる、うっすらと透けた人物を指で差す。痩《や》せた、白髪《しらが》頭の……

「お、おじいさん……」

私の声に反応するように、そのひとは姿をはっきりと現し、青白い顔をにこっとゆるめる。

「はい。私は１０１号室の小豆友朗と申します」

「と、友朗さん……」

「はい。友朗です」

「ゆ、幽霊……なの？」

「そういうことになりますか。ね？　日向くん」

そう言って、目の前のおじいさんは日向くんに笑顔を向けた。

「はい。友朗さんはまだ１０１号室に住んでいる、幽霊です」

幽霊に同意を求められ、日向くんが私のうしろで答える。

ふたりが平然と会話をしている様子に頭がくらっとして、私はそのまま意識を手放した。


気づくと私は布団の上に寝かされていた。見慣れない、薄汚れた天井がぼんやりと目に入る。

「あ、起きました？　小海さん」

驚いて布団の上に起き上がると、日向くんが隣に座って私を見ていた。

「え、えっと……ここは？」

「僕の部屋です。小海さん、１０１号室で倒れちゃったんですよ。でもよかった。気がついて」

日向くんがそう言って立ち上がる。

１０１号室で……ああ、そうか。幽霊の友朗さんが、いきなり現れたんだった。でも私、どうやってここまできたんだろう。もしかして……

私は台所に立つ日向くんの背中をちらりと見て、急に恥ずかしくなる。

「満腹さんには、具合が悪くなってここで寝ているって言っておいたんで」

「すみません……なにからなにまで……」

窓の外を見ると、すっかり空が暗くなっていた。私はどれだけ気を失っていたのだろう。入社初日から、情けない……

「あ、あの。さっきの……」

思い出したくないけど、思い出さなくてはいけない。あせる私に、日向くんがあたたかいマグカップを持たせてくれた。

「ホットミルクです。飲んでみてください。落ち着くから」

「あ、ありがとう」

両手でカップを持って、言われるままにひとくち飲んだ。甘くて、どこか懐かしい香りのするホットミルク。体がじんわりとあたたかくなって、日向くんの言うとおり、心が落ち着いてきた気がする。

「あんまり落ち込まないでください。小海さんは、通常の反応をしただけです」

平然とした口調で日向くんが言う。自分はなんでもないといった感じだ。

「幽霊を見たら、普通は小海さんみたいにぶっ倒れると思います」

「やっぱり、あれって……ゆ、幽霊なの？」

ホラーが大の苦手の私は、口に出すのも恐ろしいと震え上がる。そんな私の前で、日向くんがゆっくりとうなずいた。

「あれは友朗さんの幽霊です。猫のことが心配でまだ成仏できてない」

「猫？」

意外な理由に驚いて、私は思わずカップを落としそうになる。

「はい。友朗さんは猫だけが生きがいだったから」

「それで幽霊になっちゃったの？」

「よくあるんです。そういうことは」

よくある……のだろうか。怪談話に出てくる、地縛霊《じばくれい》とかそういう類《たぐい》のものなのかな。この世に未練を残し、あの世にいけないとか……そんなことが本当にあるの？

「友朗さんは猫のことより、自分のことをもっと考えればいいのに。友朗さんの家族、みんな友朗さんのことをほったらかしだったんです。亡くなったときも、誰が葬式の費用を出すんだとかお互い押しつけ合って……サイテーですよ」

私が黙って日向くんに目を向けると、彼は自分のカップをじっと見下ろしていた。

「どうせ成仏できないなら、家族を恨《うら》んで呪ってやればいいのに。そういうことはしないんです、友朗さんって」

日向くんが、なんだか恐ろしげなことを言っている。やっぱり幽霊って誰かを呪ったりできるんだろうか……

私は頭に浮かんだ不気味な考えを追いやるように、ぶるぶると頭を振って、彼に聞く。

「日向くんは……あの部屋に幽霊がいること、知っていたんだ」

「はい」

日向くんはこともなげにうなずいて、カップに口をつける。

「怖くないの？」

「怖くないです。だってあれ、友朗さんだから。友朗さんは怖くない」

日向くんが顔を上げ、私にほんの少し笑いかける。でも私は笑えなくて、小さく息をつく。

「これからどうしたらいいの？　幽霊のいるお部屋なんて、お客さんに紹介できない」

「だったら紹介しなくてもいいんじゃないですか？　ずっと友朗さんがいてくれれば、僕もうれしいですし」

友朗さんが天国にいけないなんて、そんなのいいわけがない、と私は口を開いた。

「だ、だめでしょ、それは！　友朗さんはちゃんと成仏するべきだよ。亡くなったひとが、いつまでもこんなところにいたらだめだと思う」

「どうして？」

するとと、日向くんは真面目な顔で私に問いかけた。そんな彼の様子に、私は言葉を詰まらせる。

「どうしてだめなんですか？　友朗さんは猫のことが心配でここにいたいんです。いさせてあげればいいじゃないですか」

「そ、それはおかしい」

「おかしくない」

日向くんがあまりにもきっぱりと言い切るから、私はなにも言えなくなった。

「と、とりあえず、私は店に戻って、満腹さんに相談してみます。いろいろありがとう」

私はマグカップを返して、布団から立ち上がった。部屋を出ようとして玄関のドアノブに手をかけた瞬間、足がすくむ。もしかしたら、ドアの先に友朗さんが立っているかもしれない。

友朗さんが悪い幽霊とは思わないけど……やっぱり怖いものは怖い。

「送ります」

玄関まで出てきた日向くんがうしろに立った。

「大丈夫……」

「でも、まだ震えてますよ？」

そう口にすると、日向くんは私の手を軽くにぎる。

……実は、恥ずかしいくらい震えていた。

日向くんは慣れているのかもしれないけど、なんせ私は幽霊を見たことなんて、生まれてはじめてだったから。

「僕もコロッケ買いにいきたいんで。そのついでです」

日向くんはそう言って、私を玄関から押し出し、自分も外へ出た。

「あの……どうもありがとう」

「べつに、ついでですから」

日向くんはもう一度、「ついで」と強調するように言った。


「幽霊？」

「はいっ！　私、見たんです！　101号室に友朗さんの幽霊がいたのを！」

日向くんとお惣菜《そうざい》屋さんまで一緒に歩いて別れたあと、急いで店に戻ると、満腹店長が暇そうにお茶を飲んでいた。

「幽霊がいるお部屋なんて、お客様にご紹介できません。どうすればいいですか？」

「うん、それより小海ちゃん。もう八時ですよ？　これじゃ残業になってしまいます」

「残業代はいりません。気絶していた私が悪いんですから」

あせる私とは対照的に、店長はのんびりとお茶をする。

「まぁ、そんなに慌《あわ》てなくても大丈夫でしょう。猫のお世話を小海ちゃんがしてくれるとわかれば、友朗さんも安心してあの世にいけますよ。それまで101号室は友朗さんにお貸しするとしましょう」

「い、いいんですか？　それで……」

「はい。大丈夫です。なんせ『優麗荘』ですからね。幽霊のひとりやふたりいたって、おかしくはないでしょう」

店長はそう言うと、ひとりで納得したように、うんうんとうなずく。私はなんだかどっと疲れて、「お先に失礼します」と告げたあと、店を出た。


『は？　幽霊？』

アパートに帰っても、なんだか落ち着かなかった私は、かのちゃんに電話をした。

「そうなの！　私、生まれてはじめて見たの、本物の幽霊！　最初透けていたのが、ぱっと現れて！」

『ふうん』

電話の向こうでかのちゃんは気のない返事をする。

『あのさ、小海。悪いけど私、今日は営業でさんざん歩きまわって疲れてんだ。理不尽なオーナーさんには怒られるしさ。だから今夜は、あんたの妄想話に付き合ってられないの』

「妄想なんかじゃないってば。本当に見たの！　アパートにおじいさんの幽霊が……」

『はいはい。猫のことが心配で成仏できない幽霊さんね。いいんじゃないの？　幽霊アパート。心霊スポットとして売り込んじゃえば？』

「かのちゃん！」

『じゃ、おやすみ。切るよ、小海』

ぷつんと電話が切れた。かのちゃんはきっと信じていない。まぁ私だって、この目で幽霊を見るまでは、幽霊の存在なんて信じてなかったけど。

でも本当に見えたのに信じてもらえないのって、なんだかつらい。

ベッドの上に仰向けになり、天井を見上げると、日向くんの部屋の天井の染みを思い出した。そして、友朗さんが成仏しないままでいい、と真剣な表情で言った彼のことをちょっとだけ考えた。


「おはようございます！」

翌朝。元気よく出勤したところ、やっぱり満腹店長はいなかった。私は昨日と同じように用意されたキャットフードを持って、優麗荘へ向かう。

本当にこんな会社から、お給料をもらえるのだろうか。かなり不安だ。

アパートの垣根から顔を出すと、猫たちがにゃーにゃーと集まってきた。どうやらさっそく、私のことを『餌《えさ》をくれるひと』と認識してくれたようだ。

「はい。いっぱい食べてね」

昨日よりは手際《てぎわ》よくフードを洗面器に入れ、猫たちに差し出した。猫たちはすかさずそこに群《むら》がり、がつがつと食べ始める。

「おはようございます」

猫たちが食事する姿を微笑ましく眺《なが》めていると、背中に声をかけられた。

「おはようございます」

私は日向くんかと思い、元気よく振り返った。

「今日も猫たちのご飯を、ありがとうございます」

ぎょっとして倒れそうになるのを必死にこらえる。

目の前でにこにこと微笑んでいるのは――幽霊の友朗さんだった。


「あ、あの……」

「はい？　なんでしょう」

幽霊が私の声に答えている、という現実が信じられない。

今日は昨日みたいにぼやけてなくて、はっきりと見える。

いや、普通にこれ、人間でしょ。

「今日は……透けてないんですね」

「そうですか？　自分ではわからないんですが。見たひとの精神状態によるんですかね？」

たしかに今日の私は、昨日よりも冷静に友朗さんと向かい合っている。友朗さんの言うとおり、自分の気分によって、見え方が変わったりするのだろうか。

「それに幽霊って、朝でも出るんですね」

「ええ、まぁ。朝も夜も関係ないですね。ここに住んでいるわけですから」

「はぁ……」

驚いた。幽霊が現れるのって、夜だけじゃないんだ。私が想像していた幽霊とは、いろいろと違う。

食べ終わった猫たちが、友朗さんのまわりに集まってきた。友朗さんは一匹ずつ順番に話しかけながら、愛おしそうに猫の頭をなでる。

家族に相手にされず、ひとりぼっちでここに住んでいたという友朗さんは、猫だけが話し相手だったのかもしれない。

そう考えると、こんなかわいい子たちとお別れしたくない気持ちもわかるけど——

「あの……友朗さん」

「はい？」

友朗さんが笑顔で私を見る。なんだかとても胸が痛い。

「この子たちのことは、私が責任を持って面倒見ます。だから安心してください」

私の言葉の意味をくみ取った友朗さんは、寂《さび》しそうな表情を浮かべた。

「そうですね。いつまでもこんなところにいてはいけませんよね」

胸がまたずきんと痛む。

そんな私の腕を、誰かがぐっとうしろに引っ張る。

「余計なこと、言わないでください」

驚いて振り返ると、少し怒った顔をした日向くんが立っていた。

「友朗さんを追い出すようなこと、言って欲しくないです。なんにも知らないくせに」

私はちょっとムッとして、日向くんの腕を振り払う。

「そりゃあ私は友朗さんのことはなにも知らないけど。でも友朗さんはやっぱりここにいちゃいけないの。ちゃんといくべきところがあるはずだよ」

「そんなの小海さんが決めることじゃないです。友朗さんがここにいたいんだから、好きなだけいさせてあげればいい」

「それじゃダメなの！　いつまでもここにいたら、友朗さんは、大切なひとに会えなくなる」

「大切なひと？」

その言葉に、日向くんが不思議そうな顔をする。

私の父は私がまだ幼いとき、病《やまい》に倒れた。父の死期を感じ、泣きじゃくる私に、父は「小海のことを、天国で待っているよ」と言ったのだ。

父の言葉を思い出しながら、日向くんに伝える。

「そうだよ。いつまでもこの世に残っていると、あとから天国にくる大切なひととすれ違ってしまって、天国で再会できなくなっちゃうんだよ」

私の前で、日向くんが黙り込む。すると友朗さんが口を開いた。

「お嬢さんの言うとおりです。もう死んだわしは、ここにいてはいけない」

友朗さんは、抱いている小さな白い猫の頭をなでた。白猫は友朗さんの胸の中で「みゃー」と、か弱い声で鳴く。

「わかっているんですけどね。心配なことがあるんです。猫だけじゃなくて、もうひとつ」

猫の頭をなでながら、友朗さんは日向くんに顔を向ける。

「日向くん。あなたのことです」

「え……」

予想しなかった言葉に、私は思わず声をもらす。

「わかっているはずですよ。あなたもこのままではいけないってこと」

穏やかに微笑む友朗さんを前に、日向くんがうつむいた。

どういうこと？　友朗さんは日向くんも心配で、あの世にいけないってこと？

そのとき私たちの上から、大きな声が降ってきた。

「うるせぇなぁ。朝っぱらから。なにごちゃごちゃやってんだよ！」

驚いて顔を上げると、二階の一番奥、２０３号室のベランダから男性が怒鳴《どな》っているのが見える。

金髪のツンツン頭で、作業着を着た若いひとだ。目つきがちょっと悪い。

「す、すみません！」

入居者のひとかな。なんだかヤンキーっぽくて怖い。私が慌《あわ》てて謝ると、今度は２０１号室のベランダから、どすの利いた低い声が聞こえてきた。

「うるさいのはそっちでしょう！　いちいち怒鳴《どな》らないでよ。これだから頭ン中からっぽな男は……」

その声の主は、朝からバッチリメイクの女のひとだった。長い髪を綺麗に巻いて、胸元の大きく開いたセクシーな紫色のワンピースを着ている。

「はぁ？　頭ン中からっぽって誰のことだよ！　このおかまブス！」

「ブスですって！　あんたちょっと下りなさいよ！」

「上等だ！　やってやろうじゃねぇか！」

けたたましい怒号と共に、ふたりの姿が部屋の中に消える。慌《あわ》てる私に向かって、日向くんがいつもどおりの冷静な口調で言う。

「203の一平《いっぺい》さんと、201の姫《ひめ》さんです」

「どうしよう。あのふたり、私たちのせいで喧嘩《けんか》……」

「それより、小海さん。あのふたりも見えるんですか？」

「え、見えるって……」

ふたりが庭に下りてきた。男のひとは小柄で、女のひとはやけに背が高い。ふたりは私たちにはかまわず、激しい口喧嘩《くちげんか》をはじめた。

「いつもこうなんです、このひとたち。でも悪いひとじゃないんで、安心してください」

「はぁ……」

いつの間にか猫たちの姿は消えていて、友朗さんもいなくなっていた。

「あの、さっき……『見えるんですか？』って言ったよね」

ふたりの喧嘩《けんか》を、他人事のように眺《なが》めている日向くんに聞く。

「はい。言いました」

「もしかしてそれって……」

聞きたくないけど。聞きたくなんてないけど。私にははっきりと、『それ』が見えている。

「そうです。あのふたりも、幽霊なんです」

私は、くらくらと倒れそうになった体をまた日向くんに支えられ、今度はなんとか踏ん張った。


「つまりおふたりとも……もうお亡くなりになっているというわけですか」

２０１号室と２０３号室の住人の喧嘩《けんか》が収まったところで、私はふたりから話を聞くことにした。場所は日向くんの部屋だ。

「へぇ、あんた俺たちのこと見えるんだ」

２０３号室の男のひとが、にやにや笑って私の顔をのぞき込む。彼の前歯が一本欠けていることに気づいた。

「ひなくんだけかと思ってたわよねぇ。あたしたちの相手になってくれる子なんて」

ばっちりメイクをした201号室の女のひとは、ハートの形をした、派手なピンク色のクッションを抱えている。

この部屋に置いてあったものだけど、どう見ても日向くんの私物とは思えない。このひと専用のクッションなんだろうか。

ていうか、幽霊でもちゃんと猫に触れたりクッションを抱いたりできるんだ。漫画みたいにするっと体がとおり抜けちゃったりしないのね。

少しだけ幽霊に慣れてきた私は、そんなことに感心しつつ、ふたりの姿を見比べる。

「えっと、あんたの名前、小海だっけ？　俺は孫田《まごた》一平。若く見えるかもだけど、これでも二十五ね。建設中の高層ビルで作業してたんだ。高いところは得意だぜ」

「そのくせ歩道橋の階段から転げ落ちるっていう、マヌケな死に方しちゃったのよねぇ」

一平さんの隣に座る姫さんが、にやにやと笑って言う。

「うるせ、このブス。殺すぞ？」

「残念ね。あたしもう死んでるもん」

　ふたりの話を聞きながら、私は顔を引きつらせる。このひとたちの会話、笑えないよ。

「あたしはね、真行寺姫華《しんぎょうじひめか》。姫って呼んでね」

「あ、はい」

　すると一平さんが横から口を出す。

「本名は、真行寺剛太《ごうた》だけどな」

「ちょっ！　あんたさっきからうるさいわね！」

「しかも三十過ぎのおっさんだし」

　げらげら笑う一平さんに、姫さんがクッションを投げつける。

　私があっけに取られていると、日向くんが説明をしてくれた。

「姫さんはね、元は男のひとだったんです。田舎の家族と喧嘩《けんか》して、東京に出てきて、ニューハーフバーで働いていたそうです」

「ああ、なるほど……でもすごく綺麗です。私なんかよりよっぽど」

　私の言葉を聞いた姫さんが、「きゃー」としゃがれ声を上げて喜ぶ。

「ありがとー、小海ちゃん！　あなただってかわいいわよ！　やっぱり若いっていいわねぇ、ぴちぴちしてて」

姫さんがうれしそうに、私の頬を指先でつんつんと押す。姫さんからは、香水の甘い香りがした。

本当にこのひとたち、死んでいるんだろうか。信じられない。

「あの、ひとつ聞いていいですか？」

私から離れた姫さんと、一平さんに向かって聞く。

「おふたりとも、このアパートに住んでいた方々なんですか？」

「ううん。違うわ」

「俺も違う」

ふたりが首を横に振りながらそう答えた。

「あたしら、死んだのはこの近くだけど、行き場がなくて彷徨《さまよ》っていたのよ。そしたら偶然、ひなくんに出会って。この子、あたしたちのこと見えるって言うじゃない？　あたしたちの愚痴《ぐち》も聞いてくれるし。ちょうどこのアパートに空《あ》き部屋があって、ちゃっかり住みついちゃったってわけ」

幽霊たちの愚痴《ぐち》を聞くっていうのも、なんだか気の毒な気がするけど……

私が日向くんを見ると、彼は私に向かって静かにうなずいた。

「それからだよな。このアパートが、幽霊たちで満室になったのは」

「ちょっ……ちょっと待ってください！」

私は一平さんの言葉に、慌《あわ》てて口を開いた。

「幽霊たちで満室って……まだほかにも幽霊が住んでいるんですか？」

私は頭を整理する。上の階の住人は、幽霊の一平さんと姫さんと、それから日向くん。下の階の１０１号室には、幽霊の友朗さん。１０２号室の住人は、まだ知らない。

そういえばあの部屋で、小さい女の子の姿を見かけたけど……

「もしかして、あのミウちゃんって子も……」

「そうだよ。あの子も幽霊」

一平さんは平然と言うけれど、私は驚きと同時に、なんだか胸が痛んだ。あんなに小さい子まで亡くなっているなんて――

「あの、私はそろそろお店に戻ります」

「え、もう？　もっとゆっくりしていけばいいじゃない」

「これでも一応、勤務中ですから」

「どうせやることねーんだろ？　あんなボロ不動産屋」

一平さんと姫さんがけらけら笑う。どうしてこのひとたち、死んでいるのに、こんなに明るいんだろう。

笑い声を聞けば聞くほど、なんだかいたたまれなくなり、私はみんなに頭を下げ、ひとり部屋を出る。

アパートの階段を下りていると、日向くんが追いかけてきた。

「小海さん！」

驚いて、階段の途中で振り返る。日向くんは真剣な表情で私の顔を見ていた。

「なんともないですか？」

「え？」

「体がだるいとか、頭が重いとか……そういうのないですか？」

「べつに……なんともないけど」

体はなんともない。ただちょっと胸が痛むだけ。

「そう」

すると、日向くんは安心したようにうなずいた。

「だったらいいんです。あんなにたくさんの幽霊といっぺんに会ったから、疲れたんじゃないかなって思って。僕とは違って、小海さんは幽霊と日頃関わることはないですから」

私のことを、心配してくれたのだろうか。

「大丈夫。なんかもう、幽霊に慣れちゃった感じ？」

冗談っぽく言って笑ってみせたけど、日向くんは笑わなかった。

「それじゃ、また。小海さん」

「うん。また」

日向くんがカンカンと音を立て、階段を上《のぼ》っていく。

私はその背中を見つめながら、さっき、友朗さんが日向くんに言った言葉を思い出した。

『わかっているはずですよ。あなたもこのままではいけないってこと』

あれは、どういう意味だったんだろう。

第2章

それから私は毎日店に出勤し、朝と夕方はキャットフードを持って優麗荘にかよっている。

母猫と子猫たちは、私の姿が見えるとすぐに集まるようになった。

子猫たちのお母さんである三毛猫は、おっとりとした美人さんで、いつも控《ひか》え目にフードを食べる。お母さんと同じ毛色の子猫三匹は、元気で食欲旺盛《しょくよくおうせい》。フードの取り合いをしながら、たくましく育っている。

黒い子猫は、甘えん坊で要領がよく、お母さんのフードをさりげなくちょうだいしたり、みゃーみゃー鳴いて、私に直接フードを要求したりしてくる。臆病《おくびょう》で人見知りなのは、白い子猫。いつもみんなの食事を眺《なが》めてから、残りものをひっそりと食べている。

そして、なぜかその中に毎回、あの茶トラもちゃっかり加わっているのだ。

ご飯の時間が終わると、子猫たちは庭の中でまた自由気ままに遊び始め、茶トラはどこかへ帰っていく。

そんな猫たちの様子を見守る時間が、なによりも幸せに思える。

その朝も、私はいつものように洗面器にキャットフードを流し入れ、猫たちに与えていた。

「おはようございます。小海さん」

うしろから声がかかった。

振り返ると、コンビニの袋をふたつぶら下げた日向くんが立っている。いつものパーカーとジーンズ姿だ。

「おはよう。夜勤明け？」

「はい。帰りに一平さんから頼まれた漫画雑誌と、姫さんのメイク道具を買ってきました」

日向くん……幽霊たちに、そんなことまでしてあげてるんだ。

「日向くんはやさしいよね。ふたりの気持ちに全部応《こた》えてあげてて」

「やさしいっていうか……僕しかそれができるひとがいないから」

日向くんは少しだけ笑って、足元に擦《す》り寄ってきた黒い子猫を抱き上げた。

「見えないひとには見えない。声も聞こえない。手を伸ばしても届かない」

日向くんが子猫の頭をなでながらつぶやく。

「あのひとたちは、本当に触れたいひとに触れることもできないんです」

にゃあ、と子猫が小さく鳴く。その声と同時に、一平さんが庭に駆け込んできた。

「おう！　買ってきてくれたか？」

「はい。これですよね」

日向くんが雑誌を差し出すと、一平さんは「おおっ！」っとうれしそうな声を上げ、それをぱらぱらとめくり始めた。

「この漫画の続き、読みたかったんだよ！　サンキューな、日向！」

背の低い一平さんが、背の高い日向くんの頭をぐしゃぐしゃとかきまわす。日向くんはなにも言わずに、されるがままだ。

日向くんに触れる一平さんの手を見つめながら、私はさっき日向くんが言った言葉を思い出していた。

朝の餌《えさ》やりを終え、私は満腹不動産に戻り、お店の中でぼうっと座っていた。もちろんお客さんなんてこないから、いくらでもぼうっとし放題である。

せっかく作った101号室の募集広告もはずしてしまった。だってあの部屋には友朗さんが住んでいるし、他の部屋も幽霊で満室。あんなアパート、誰にも紹介できない。平気な顔をして暮らせる人間は、きっと日向くんくらいしかいないだろう。

「お疲れさま、小海ちゃん」

ふいに、いつものようにふらっといなくなっていた満腹店長が、ふらっと戻ってきた。

「店長……」

「はい、なんでしょう？」

振り向いた店長に、私はつぶやく。

「店長は……ほんとは知ってるんでしょ？　あのアパートに住んでいる人間は日向くんだけで、あとの住人はみんな幽霊だって」

店長は一瞬、いたずらがばれた子どものように肩をすくめると、苦笑いしながら私の前に座った。

「見えたんですね？」

「はい。１０２号室以外のひとたちには会いました」

「そうですか」

店長はぽりぽりと頭をかいて、小さく息をはく。

「このままでいいんですか？」

私は、危機感のなさそうな店長に問いかけた。

「あのアパートは幽霊が住みついたままで……いいんですか？」

「うーん、まぁ、どうやって出ていってもらえばいいのかわからないですし」

「除霊とか？　そういうのしてもらうんじゃないですか？　普通は」

「追い出すんですか？」

「いや、追い出すとか、そういうのではなく……」

「恨《うら》まれたらどうします？」

「そ、それは……」

店長はのんびりとした空気はそのままに、物騒《ぶっそう》なことをたずねてくる。

あの明るい幽霊たちがひとを呪ったりはしないだろうけど、そういう能力はあるかもしれない。

「だけど、幽霊は家賃を払ってくれないでしょう？　ちゃんとした人間に入居してもらわないと、店長の収入がなくなっちゃうじゃないですか！」

つまり私の収入も危うくなるのだ。猫にご飯をあげている場合じゃない。

「でもねぇ。きっとみんな、この世に未練があって、ここに残っているんでしょうし」

「日向くんもそう言いますけど、だからと言って、いつまでもこの世に残ってあそこに住んでいても、あのひとたちが幸せになれるとは思えないんです」

「そうですねぇ。彼らが気持ちよくお引越しできるよう、まずは未練を断ち切ってあげて、それからいくべき場所をご案内できればいいんですが。うちも一応不動産屋ですしね」

未練を断ち切ってあげて、それからいくべき場所をご案内？　私たちが？

どういうことなのか聞こうとしたけれど、店長は頭を抱えて「うーん」とうなったあと、「この話はまた今度」と、あっさり店を出ていってしまった。

「もうー。逃げたな！」

店長が頼りにならないのなら、私がなんとかするしかない。

でもどうすれば……

一日中考えても答えが出ないまま、夕方のご飯を猫たちにあげた私は、コロッケを買って家に帰った。

とぼとぼと歩いてアパートの前まできたところで、自分の部屋に灯りがついていることに気づく。

「えっ、なんで！」

慌《あわ》てて階段を駆け上がって部屋のドアを開ける。

「おかえりぃ、小海」

そこには、明るい笑みを浮かべた母の姿があった。

「え、お母さん？　あ、今日、ミュージカルの日だっけ？」

「やぁね、この子は。今日って言ったじゃない。それに何度もメールしたんだけど」

呆れ顔の母を前にバッグの中からスマホを取り出すと、メールがたくさん入っていた。

「ごめん。見てなかった」

「いいわよ、忙しかったんでしょ。さ、入って。ご飯できてるよ」

パンプスを脱いで部屋に一歩入ると、懐かしい味噌汁の匂いがした。

食卓の上には、炊き立てのご飯に味噌汁、母の持ってきた地元の焼き魚が並んでいる。

私はさっき買ったコロッケを皿に載《の》せ、母と向かい合って座った。そして大好きな母の味噌汁を口にする。

「うーん、美味《おい》しい！」

「あんたはすぐ顔に出るからわかりやすいね。さっきまでお先真っ暗って顔してたくせに、美味《おい》しいものを食べればすぐご機嫌になる」

「だって、ほんとに美味《おい》しいんだもん」

日向くんや、あのアパートのひとたちにも食べさせてあげたいなぁ。ひとっていうか、幽霊だけど。

「仕事、忙しいの？」

母に聞かれて、私はドキッとした。そういえば転職したこと、まだ話していない。

「研修期間は終わったんでしょ？　いまはどういった仕事をやらせてもらってるの？　あんたがやりたかったこと、できてるの？」

胸がぎゅっと痛くなった。

私がやりたかったこと——お客様に、素敵なお部屋を探してあげること。

いまやっていること——猫のお世話。

「う、うん。まぁ、ぼちぼちね」

「頑張りなさいよ。きっとお父さんも、あんたを応援してるから」

また胸がドキッと鳴る。お父さんごめんなさい。私、嘘つきました。

本当はいまの仕事に、自分でも納得していない。だから正直に言えないんだ。

「でもね、無理はしないこと。体が一番大事。わかった？」

看護師の仕事をしている母には、昔から健康第一だと口酸《くちす》っぱく言われてきた。

「わかってる」

「まぁ、それだけ食欲があれば、大丈夫でしょうけど」

母がふふふっと笑って、コロッケに箸《はし》を伸ばす。

「うん。このコロッケ美味《おい》しいわ」

「でしょ？　商店街のおばちゃんも、すごくいいひとでね」

とりとめのない私の話を、母はうれしそうにうなずきながら聞いてくれた。

その日の夜は、私のベッドの隣に布団を敷《し》いて、母と一緒に寝た。

田舎の家では、小さいころからずっと同じ部屋で寝ていたけれど、私が家を出てからは久しぶりだ。

「ねぇ、お母さん」

「うん？」

薄暗い灯りの中で私は呼びかける。

「お父さんの話、して？」

父は私が幼いときに亡くなってしまったから、私には父の記憶があまりない。でも小さいころから寝る前には、いつも父の話をしてもらっていた。だからもう何度も聞いているのに……それでもやっぱり聞きたくて、私は母にねだってしまう。

「あんたは、いつまでたっても甘ったれだねぇ」

母はそう言って笑いながら、話し始めた。

「そうねぇ。お父さんは……やさしいひとだったよ」

私は母の、ちょっとかすれた声を聞きつつ目を閉じる。小さかったころと同じように。

「いつもあんたと私のことを、一番に考えてくれていた。私たちのヒーローだったよ」

「うん」

「それからお父さんはよく言ってた。小海という娘が生まれて、俺はとても幸せ者だって」

私は目を開けて、薄暗い部屋の中を見た。だけどもちろん、そこに父の姿はない。

「お母さん、私、お父さんから最後に聞いた言葉だけは覚えてるよ」

母は黙って私の声を聞いている。

「お父さんが亡くなる少し前、泣いていた私に言ってくれたんだ。小海、泣かないで。これはお別れじゃないんだよ。お父さんは天国で、小海たちがあとからくるのをのんびり待ってるよって」

「ああ、そんなこと言ってたね」

「だから私はその日がくるまで、笑顔で生きていこうって決めたんだ」

母が布団の中で、ふふっと笑ったのがわかった。

私は寝返りをうって、天井を見つめ、アパートにいる幽霊たちのことを考える。

あのひとたちも、いつまでもこの世に残っていたら、あとからくる大切なひとを天国で出迎えられなくなってしまう。

　だから自分の大切なひとのためにも、幽霊たちは天国にいって、待っててあげなきゃダメなんだ。天国で笑顔で再会するために。

「そうだね、笑顔で頑張ろう。与えられた人生を、悔いのないように生きよう。待ってくれているお父さんに、いつか会える日まで」

　私は、母の声にうなずいた。

「さ、寝ようか。明日は早く起きなくちゃ」

「明日、どうしても出勤しなくちゃいけないの？　本当はお休みもらってたのに」

「仕方ないよ。急病になっちゃったひとに出ろとは言えないでしょ？　私は始発で帰れば間に合うし。私が困ったときは、こうやって助けてもらってきたんだしさ」

「私よりお母さんこそ……倒れないようにね」

「了解！　お互い頑張ろう」

　布団の中で、母が朗《ほが》らかに答える。

　私は母の言葉をそっと胸にしまいながら、ゆっくりと眠りに落ちていった。

翌日、母は早朝に帰っていった。結局、転職した話はできなかった。もちろん幽霊に会ったことも。

私は鏡で自分の顔を見て、ふうっとため息をつく。それから両手でほっぺをぱんっと叩き、気合を入れた。

「よしっ」

今日はちょっぴりいつもと違うメイクをしてみよう。服も、いつもの地味な黒いスーツじゃなくて、白いブラウスにピンクのカーディガン、秋色のスカート。ひとつに結んでいた髪もほどいて、肩に下ろした。

なんとなく、自分を変えてみたいと思ったんだ。亡くなってしまった父や、あのアパートの幽霊たちとは違って、私は生きているんだから。

「あらー、今日はなんだか、かわいいカッコしてるじゃない」

いつものように猫に餌《えさ》をあげていたら、姫さんに声をかけられた。

「あ、姫さん。おはようございます」

「おはよ」

姫さんは私の隣にしゃがみ込んで、じいっと私の顔を見つめる。姫さんからは、今日もいい香りがした。

「な、なんかヘンですか？」

「うーん、やっぱりそのメイクがちょっとねぇ。あんた素材はいいのに、もったいない。あっ！　あたしがメイクしてあげるわよ。そうしましょ！」

姫さんはやる気になって立ち上がると、アパートの階段へ向かって歩き出した。私は慌《あわ》ててそれについていく。

「あのっ、せっかくですけど、私このままで大丈夫ですから！　べつにこれからどこかに出かけるわけでもないですし」

「なに言ってんの。メイクはね、出かけるためにするわけじゃないのよ。もちろん男のためでもない。自分自身のためにするもんなのよ」

姫さんがそう言いながら、上りかけた階段の途中で、おいでおいでと手招きする。

「小海ちゃんだって、綺麗でいたいでしょ？」

「それはまぁ、汚いよりは」

私の答えに、姫さんがわははっと豪快《ごうかい》に笑う。

「メイク道具ね、ひなくんの部屋にあるのよ。買ってきてくれたのも、ひなくんなの」

そう言えばこの前、そんなことをしていたな、とふと思い出す。

「ほら、幽霊ってお金持ってないじゃない。買いものもできないしって愚痴《ぐち》ってたら、ひなくんが『なにか欲しいものあったら買ってきますよ』って言ってくれて。頼んだらひとりで買いにいってくれたのよ。メイク道具も着替えの服も」

日向くんもよくやるなぁ。無理なことは断ってもいいと思うけど。

「自分の部屋にはね、基本なにも置かないようにしてるの」

「どうしてですか？」

そういえば、友朗さんの部屋にもなにもものがなかった。

「一応、空《あ》き部屋ってことになってるし、この世的には。幽霊の私物を置いたら悪いでしょ。だからひなくんの部屋に置かせてもらってるのよ」

それであの派手なクッションが置いてあったのか。

二階に上がると、姫さんは自分の部屋に入るかのように遠慮なく202号室のドアを開けた。

「ひなくーん。おはよ！　入るわよぉ」

ドアには鍵がかかっていなかった。

ためらわずに室内に入っていく姫さんの背中を見ながら、私は一応玄関から「おはようございます」と声をかける。

だけど日向くんの返事はない。

「日向くん？　おはよう」

台所の向こうにある和室には、陽が当たっていた。

「小海ちゃーん。入ってらっしゃいよ」

中から姫さんに呼ばれ、私は「お邪魔します」と小さく言い、靴を脱いで日向くんの部屋に上がる。

和室に入ると、姫さんが日向くんの部屋に置かれた荷物を、ごそごそとあさっていた。すぐ横には布団が敷《し》いてあって、そこで日向くんが頭だけを出して毛布にくるまっている。

「日向くん？　寝てるの？」

「ああ、今日は調子悪いみたい」

私に背中を向けたまま、姫さんが答えた。

「えっ、大丈夫なの？」

「時々こうなるのよ、この子。普段から神経使ってるから」

姫さんはなんでもないように言うけれど、日向くんは毛布をかぶったまま、ぴくりとも動かない。

私はこの前、日向くんが言っていた言葉を思い出す。

『体がだるいとか、頭が重いとか……そういうのないですか？』

もしかして幽霊と関わると、そういう症状が出るってことなのかな。

「ああ、あった！　これこれ、この色。絶対小海ちゃんの唇に似合うと思うのよねぇ」

私は、一本のリップを見つけて喜んでいる姫さんの服をそっと引っ張る。

「今日は、やめましょう。日向くんがかわいそう」

姫さんはリップを持ったまま、私の顔をじっと見る。そして深くため息をつくと振り返って、毛布をかぶった日向くんに言う。

「ひなくん、ごめんね。また今度くるわ」

姫さんはリップをポケットにしまい、素直に部屋を出ていく。私は日向くんのことをちらりと見たあと、姫さんと一緒に部屋を出た。

カンカンと音を立てて、階段を下りる。そのまま庭へまわり、足をとめた姫さんがつぶやいた。

「ほんとはね、わかってるのよ。あたしたちのせいで、ひなくんを疲れさせちゃってるってこと」

私は姫さんの隣に立って、その声を聞く。

「幽霊と関わるのって、知らない間にものすごいパワーを使ってるみたいなの。よく生気を吸い取られるとかいうじゃない？　もしかしたら、あたしたちが、ひなくんの生気を吸い取っちゃってるのかもしれない」

姫さんはそこまで言って、ふうっとまたひとつため息をつく。

「ひなくん、やさしいし、あたしたちの気持ちをなんでも受けとめてくれるから、ついみんなわがままを言っちゃうのよね。あたしもさ、死んだときの怒りとか憎しみとか、全く関係ないひなくんにぶちまけちゃったときがあるの。あれはかわいそうなことをしたって、いまでも思ってる」

そう言って、姫さんは悲しそうに目を伏せる。

ひんやりとした秋風が吹いた。庭を覆《おお》うように囲んで立つ木々が、ざわりと揺《ゆ》れて、葉を落とす。

「でもひなくんもほら、ちょっと変わった子だから。あたしたちがいなくなったら、他に友達いないじゃない？　そう思うと、なんとなくあの子をひとりにしておけなくて、ずるずるいついちゃったんだけど……もうそろそろ、お互い卒業しなくちゃいけないのよね」

私はそうつぶやく姫さんの、綺麗な横顔を見つめる。

「ただ、あたしはここから消える前に……どうしてもあるひとたちに、伝えたいことがあって……」

「伝えたいこと？」

姫さんはこちらを見てにこっと微笑むと、ポケットから取り出したリップを私の唇に当てた。そしてすうっと唇をなぞり、やさしい色をつける。

「やっぱり、思ったとおりだわ。小海ちゃんにぴったりな色！」

「そうですか？」

「うん。とっても素敵！　似合ってる！」

うれしそうに私を見つめる姫さんに向かって、そっと微笑む。

「ありがとうございます」

すると、静かにうなずいた姫さんが、一枚のメモを私に差し出した。

「小海ちゃん。あたしのお願い、聞いてくれる？」

「なんですか？」

メモが、私の手に渡される。

「ここに書いてある住所にいって欲しいの。でね、そこにいるひとたちが元気でやってるか、見てきてくれないかしら」

私は手の中のメモを見つめる。そこには静岡県の住所が書いてあった。

「そしてそのひとたちに一言、先に逝《い》っちゃってごめんって……でもあたしの……剛太の人生に、悔いはなかったって。そう伝えて欲しいの」

私がゆっくりと顔を上げると、姫さんは自分が亡くなった経緯を話してくれた。そして、じっと私を見つめてやさしく微笑み、メモの上にさっきのリップをそっと置いた。

「幽霊からの伝言？」

店に戻り、私は姫さんからもらったメモとにらめっこしながら店長に答える。

「そうです。幽霊からの伝言を突然伝えられたら、信じると思います?」

「うーん……」

店長は腕を組んで、首をひねった。

「信じませんね。普通は」

「ですよね……どうしよう」

予想どおりの答えに、私はふうっとため息をつく。姫さんからのお願いを叶えてあげたいけど、私から上手く伝えられる自信がない。

私は日向くんが言っていた言葉を思い出す。

『僕しかそれができるひとがいないから』

そうだ。私も『それ』ができるひとなんだ。

だったら姫さんのために、私がやってみるしかない。いくしかないんだ。

夕方。いつものように猫にキャットフードをあげていると、空からぽつぽつと雨が降ってきた。

慌《あわ》てて101号室前のベランダの下へ、洗面器を移動させる。すると、猫たちも一緒についてきた。

完全に雨を防ぐことはできないけれど、ここなら、猫たちはなんとか餌《えさ》を食べられるだろう。

猫たちを見守りながら、濡《ぬ》れた服をハンカチで拭《ふ》いていたところ、ポケットに入れてあったメモに気づいた。姫さんにもらったメモだ。それを取り出し、考える。

姫さんの伝言がそのひとたちに届いたら、きっと姫さんはここからいなくなる。それを日向くんが知ったら……どう思うだろう。

そのとき隣の部屋の窓に、ちらりと小さな影が見えた。

「あ……」

102号室に住んでいるという女の子、ミウちゃんだ。

「こ、こんにちは」

ミウちゃんを怖がらせないように、私はできる限りの笑顔を作って挨拶《あいさつ》をする。といっても、相手は幽霊。本来怖がるのはこっちのはずなんだけど。

ミウちゃんはカーテンの陰から怯《おび》えた表情で私を見たあと、すぐにシャッとカーテンを閉めてしまった。

「やっぱりだめか……」

あの子とは会話できる自信がない。日向くんとはお喋《しゃべ》りするのかな、なんて考えていたら、私の上に傘が差しかけられた。

「濡《ぬ》れてますよ」

「あ……」

顔を上げると、すぐ隣に日向くんが立っていた。彼が私の持っているメモをじっと見つめていることに気づき、慌《あわ》ててそれをポケットに突っ込んだ。

「日向くん……あの、もう体調はいいの？」

「はい。大丈夫です。今朝はすみませんでした」

「ううん。謝るのはこっちの方だよ。具合悪いのに、いきなり押しかけちゃってごめんなさい」

「いや。ぜんぜん」

日向くんはそう言って、ゆるく首を横に振る。

「雨が降ってきたんで、お店まで送りますよ」

「そんなっ……だめだよ、日向くんは寝てなきゃ」

「もう大丈夫って言ったでしょ？」

やさしい声音でそうささやいて、日向くんはゆっくりと歩き出す。

まわりを見ると、猫たちはいつの間にかいなくなっていた。ただ、あの太った茶トラだけが、建物の陰からじっとこちらを見ている。

「あ、あの猫……」

けれど茶トラも、さっとどこかへいってしまった。雨宿《あまやど》りをする場所でもあるのだろうか。

「ほら、小海さん。早く」

雨の中で、日向くんが立ちどまって私を待っている。

「え、でも……」

「コロッケ食べたいから、そのついでです」

傘を差した日向くんがぶっきらぼうに言う。

私は少し笑って、彼の隣に駆け込んだ。

雨の降る町を、日向くんと一緒に歩く。ばらばらと傘を叩く雨の音が、なんだか心地よい。

「あの、小海さん」

隣を歩く日向くんが、唐突に私の名前を呼んだ。彼の歩き方は、私に合わせてくれているのか、スローペースだ。

「明日、お店、休みでしたよね？」

「え、ああ、そうだけど？」

明日は水曜日。定休日だ。といっても、いつだってお客さんはこないんだけど。

「なにか用事あるんですか？」

その言葉に胸がドキッとした。どうしてそんなこと聞くんだろう。

「えっと。明日はちょっといくところがあって」

「どこに？」

日向くんに顔をじっと見つめられて、目をそらしたいのに、そらせない。日向くんには私の気持ちを、全部見透かされているような気がする。

「静岡に……いこうと思って」

姫さんに頼まれた件は、言わないつもりだった。ただでさえ具合が悪そうだったのに、これ以上幽霊のお願いを聞かない方がいい。ここは私ひとりで、なんとかしようと思っていたのだ。

「静岡に、なにをしに？」

「……ずいぶん突っ込むんだね」

「小海さんが、僕になにか隠している気がするから」

本当に日向くんはするどい。幽霊が見えるだけのことはある。

日向くんは私の前に、すっと手を差し出した。

「さっき隠したメモ、見せてください」

やっぱり、ばれてたんだ。

私はため息をつくと、姫さんにもらったメモをポケットから取り出し、日向くんに渡した。

「ここへいって、住んでるひとたちが元気にしているか見て、そして姫さんの伝言を届けたいの。『先に逝《い》っちゃってごめん。でも剛太の人生に、悔いはなかった』って」

日向くんはじっとメモを見つめて、なにかを考え込んだあと、それを私の手に返した。

「ここ、姫さんの実家ですね。姫さんはお父さんとお母さんに想いを伝えたいんでしょう。自分のしてきたことに後悔はしてないけど、ただひとつ、親より先に逝《い》ってしまったことだけは、親不孝したと思っているから」

そうか……それをご両親に伝えたくて、姫さんは成仏できずにいたんだ。

「でも小海さんが突然訪ねて、『先に逝《い》っちゃってごめん』なんて言っても、信じてもらえないかもしれません。下手したら追い返されるかも。姫さんは実家の両親と喧《けん》嘩《か》別れしたらしいから」

「じゃ、じゃあ、どうすれば……」

日向くんが顔を上げて、私を見る。

「僕も一緒にいきます」

「え？」

「僕は小海さんより姫さんのことを知っているし、僕からご両親に伝えたいこともあるんです」

「日向くんが一緒なら心強いけど……でもやっぱりだめ。これ以上、幽霊たちに振りまわされたら、日向くんの身が持たないよ」

するると彼は、ははっと自嘲《じちょう》気味に笑って言う。

「僕が死んじゃうかもしれないってこと？」

日向くんのセリフに驚いて、弾かれたようにその横顔を見る。彼は傘の陰から雨空を見上げて、そっとつぶやいた。

「それならそれで……いいかもしれない」

日向くんの寂《さび》しげな声に、胸にちくんと、小さな痛みが走る。

「だ、だめだよ」

私は彼の横顔に言う。

「だめに決まってるでしょ！　そんなの！」

ぼんやりと空を眺《なが》めていた日向くんの視線が、ゆっくりと私に移った。

私はぎゅっと唇を引き結び、日向くんと目を合わせる。

「小海さん」

日向くんの声が雨音と溶け合う。

「その唇」

「えっ……」

「いつもと違う」

突然唇のことを言われて、戸惑《とまど》った私は、ばっと唇を手でおおった。

「いやっ、これは、そのっ……姫さんが勝手に……」

「いいですね」

「は？」

「いつもよりいいです。その方が」

日向くんがそう言って、小さく笑う。

私はなんて答えたらいいのかわからず、傘の中でおろおろする。

男のひとに、「いいですね」なんて言われたの、これがはじめてだ。

「そういうわけで。明日は僕も一緒にいきますから」

気づくと私は店の前に立っていた。そして日向くんがふっと笑い、私を残して去っていく。

「え、あ、ちょっと！　日向くん！」

「明日の朝、八時に駅で待ってます」

日向くんは振り返ってそう言うと、雨の中を走っていった。

「ちょっとー！　日向くーん！」

どぎまぎさせられている間に、勝手に決められてしまった。

もしかしてあれは、日向くんの作戦だったのか？　それにしてもずいぶん慣れた感じで言ってたな。いつもあんなセリフ、女の子に言っているんだろうか……私より年下のくせに、なんか悔しい。

「うわー！　降ってきましたね！」

悶々《もんもん》と考える私の隣に、突然店長が駆け込んできた。

「店長！　どこいってたんですか？　びしょ濡《ぬ》れじゃないですか」

「ああ、傘がなかったもんで。小海ちゃんはいいですよね。日向くんに入れてもらって」

猫みたいに頭をぶるぶるっと振って、恨《うら》めしそうな声を上げながら、店長が店の中に入っていく。

どうして私が、日向くんの傘に入れてもらったことを知っているんだろう？

店長……どこかで見てたのかな？　私たちのこと。

「店長ー。大丈夫ですかぁ？　風邪引きますよ？」

「もう引いたかもしれません」

そう言って店長は、かわいらしいくしゃみをひとつした。


翌日。日向くんと私は特急電車に乗って、静岡へ向かった。駅で買ったお弁当を日向くんの隣で食べながら、なんだか不思議な気持ちになる。

まさか管理しているアパートの入居者さんと、ふたりきりで出かけることになるなんて、思ってもみなかった。

「あ、小海さん。海が見えますよ」

日向くんにうながされ車窓《しゃそう》に目を向けると、外には海が広がっていた。昨日の雨は綺麗に上がって、空も海も青い色だ。

「私ね、海のそばで育ったんだ」

キラキラと輝く水面《みなも》を眺《なが》めながらつぶやく。

「小海って名前は、父がつけてくれたの」

「かわいい名前ですよね」

そういえば最初に会ったときも、日向くんはこの名前を「気に入った」と言ってくれたっけ。

ちょっと胸がどきんとして、私は慌《あわ》てて首を振り、日向くんを見る。

「あのね、日向くん」

「なんですか？」

「女の子に『かわいい』とか、そういうセリフ、あんまり軽々《かるがる》しく言わない方がいいと思うよ？　変に勘違いされると困るから」

「べつに軽々しく言ったつもりはないですけど」

昨日の唇の件だってそうだ。こんなひそかに隠れファンがいそうな顔で、「いいですね」なんて言ったら、絶対誤解を生む。

まぁ、私が今日、姫さんからもらったリップをつけてきたのは、べつに意識したわけじゃないけどね。

メイクは自分自身のためにするものだから。

電車はいくつもの駅をとおり過ぎる。なんとなく会話が途切れて、私が姫さんからもらったメモに視線を落としたとき、日向くんが問いかけてきた。

「小海さんは……姫さんが亡くなった原因、聞いてます?」

隣を向くと、日向くんはじっと前を向いたままでいる。

「とおりすがりのチンピラと喧嘩《けんか》になって……打ち所が悪くて亡くなったって」

姫さんは、私にはそう説明していた。あのやさしい姫さんがチンピラと喧嘩《けんか》をするなんて、ありえないって思ったけれど。

するど、日向くんは静かにうなずいた。

「だいたい合ってますし、きっとご両親もそう思ってます。警察も、そうおふたりに伝えているはずです」

私は黙って日向くんの横顔を見つめる。

「ご両親は自業自得だと考えているようです。大事に育てた息子が、ある日突然『女になりたい』と言って家を飛び出した。そのあげく、ろくでもない死に方をした。親戚に伝えるのも恥ずかしくて、お葬式もしていないそうです」

「そんな……」

「でも実は、ご両親も知らないことがあって……」

すると、私たちの降りる駅が近づいていることを知らせるアナウンスが、車内に響いた。

「僕は、それを伝えようかと思ってます。姫さんの名誉のために」

日向くんは真っ直ぐ前を見つめたままだ。

そんな彼の横顔に、私はなにも言ってあげることができなかった。


姫さんの実家は、海の見える高台に建つ、大きくて立派な家だった。

ここへくる途中、地元のひとにメモを見せて道をたずねたら、「ああ、真行寺先生の家だね」と、みんな口をそろえて言った。姫さんのお父さんは、このあたりでは有名な元議員さんなんだそうだ。

ようやくメモに書かれた住所にたどり着き、目の前のお屋敷を見上げると、思わずため息がもれた。老舗《しにせ》旅館のような立派な門に、庭園のように広い庭。どっしりとした母屋《おもや》は、よそ者を寄せつけない威圧感があった。

「小海さん。どうしました？」

「あの……ちょっと、足が震えてしまって」

「しょうがないなぁ。いきますよ」

日向くんは、呆れた様子で私の手を引っ張る。なんだかんだ言っても日向くんにきてもらってよかったと、そのとき心から思った。

お屋敷の前で息を整え、震える指先でインターフォンを押す。するとすぐに落ち着いた女性の声が聞こえてきた。

『はい。真行寺ですが……どちら様でしょう?』

「あのっ、私たち、真行寺姫……いえ、剛太さんの知り合いなんですが……」

『剛太の?　……少々お待ちください』

戸惑《とまど》うような声のあと、静かに玄関が開かれる。

私たちの前に現れたのは、年老いた上品な女性だった。このひとが姫さんのお母さんだろうか。

「突然お訪ねして申し訳ありません。私たち、剛太さんから伝言を頼まれて、こちらへお邪魔しました」

「剛太から……伝言?」

お母さんらしきひとは、不思議そうに首をかしげたあと、部屋の奥へ向かって声をかけた。

「お父さん！　お父さん！　ちょっときてください！」

しばらくすると、和服姿の貫禄《かんろく》のある男のひとが登場した。きっとこのひとが、姫さんのお父さんだ。そしてこの女性はお母さん。ふたりとも元気そうで、ひとまずほっとする。

「あの、私、剛太さんから、どうしてもご両親にお伝えしたいというメッセージを預かっていまして」

「メッセージ？」

私の言葉に、お父さんとお母さんが顔を見合わせる。

「『先に逝《い》っちゃってごめん。でも剛太の人生に、悔いはなかった』、と」

お父さんの眉間《みけん》にしわが寄ったのがわかった。

「なんの話をしているんですか？　息子はもうこの世にいません。半年前に死にました。みっともなく、野垂《のた》れ死にです」

「そんなふうに言わないでください。剛太さんはいまでも……お父様とお母様のことを、心配されているんだと思います。だから私に、ふたりの様子を見てきて欲しいって頼んだんです」

するとこ突然、お父さんが噴き出した。

「なにを言い出すのかと思ったら。あなたは剛太の幽霊にでも会ったと言うんですか?」

「はい、会いました。会ってお話しました。それでここにきたんです」

私はお父さんの顔を真っ直ぐ見据えながら、はっきりと伝えた。

「気は確かか?」

私から顔をそむけたお父さんが、不機嫌そうにお母さんに向き直る。

「帰ってもらいなさい。こんな頭のおかしいひとを、家に入れるんじゃない」

「……はい」

お母さんがお父さんに頭を下げて、私たちに言う。

「申し訳ありませんが、お引き取り願えますか?」

「そんなっ、信じてください。私、本当に剛太さんに頼まれたんです! 剛太さんは女のひとになったことも、たぶん、亡くなったときのことも、悔いはなかったんだと思います!」

「バカ言うんじゃない! 女になりたいだの、喧嘩《けんか》して死んだだの……あいつは真行寺家の恥だ！」

「あの」

ずっと黙っていた日向くんが口を開いた。先ほどまで怒鳴《どな》っていたお父さんが怪訝《けげん》な顔で日向くんを見る。

「たぶん、信じてくれないとは思いますが」

日向くんが静かに話し始める。

「剛太さんが喧嘩《けんか》をしたのは、絡まれていた女のひとを助けようとしたからなんです。そのひとは、剛太さんに『逃げろ』と言われて逃げました。それを見届けたあと、剛太さんは彼女に絡んでいた男たちと喧嘩《けんか》になって……女のひとは逃げたあとのことを知りません。剛太さんが亡くなったことも、知らないんです」

「君はなにを言っているんだ。そんな話、誰から聞いた」

「剛太さんが亡くなった場所に、何度も女のひとがきていて、僕が声をかけたら話してくれたんです。以前ここで男に絡まれたとき、助けてくれたひとがいた。そのひとにお礼を言いたくて、何度もここにきてるんだけど会えないって。幽霊の剛太さんを問い詰めたら、そのとおりだと白状しました。だから僕は彼女に警察にいって、そのときの状況を全部話して欲しいと思ったんです。ここへも連れてきて、ご両親に本当のことを伝えてもらおうかとも思いました」

淡々とした口調のまま、真剣な表情で訴えかける日向くんのことを、お父さんが睨《にら》むように見る。

「でも……」

「でも、なんだ?」

「姫さん……いや、剛太さんが……そんなことをしたら、その女の子が苦しむでしょうって。自分のせいでひとが死んだって、一生苦しむことになるでしょうって。だからそんなことは知らなくていい。剛太さん、そう言うんです」

私は黙って日向くんを見つめる。

「でも、そんなのってないよなって、そんなの、剛太さんがよくても僕は嫌だって思って……だからせめてご両親にだけは、真実を知ってもらいたくて……」

「帰りなさい」

日向くんの言葉をさえぎるように、お父さんが言い放つ。

けれど突き放す言葉とは裏腹に、その声はかすかに震えていた。

「君は病院にいった方がいい。そして二度と、私たちの前に現れないでくれ」

私が呆然とお父さんを見上げると、その表情が苦しそうに歪《ゆが》む。

「私たちはもう……剛太のことは忘れたいんだ」

背中を向けて、お父さんが部屋の奥へ入っていった。お母さんが玄関に下りて、うつむいてしまった日向くんの肩をそっと押す。

「……帰っていただけますか？」

「わかりました。突然すみませんでした」

そう小さく言って、玄関から出ていってしまった日向くんのあとを、私はお母さんに会釈《えしゃく》してから急いで追いかける。

外へ出たら、海からの風が吹いた。どこか懐かしい匂いがする。

「あの……」

黙り込んだまま、ゆっくりと歩き始めた私たちに、お母さんが遠慮がちに声をかけてくる。

まさか呼びとめられるとは思っていなかった私たちは、驚いてうしろを振り返った。

「あの、私からもお願いします」

立ちどまった私たちのもとに、お母さんが駆け寄ってきた。

「その女性に、剛太が亡くなったことは伝えないでください。剛太ならきっとそうする……あの子は、そういう子です」

お母さんが、静かに頭を下げる。

「主人のことも、どうかお許しください。主人はあれで、剛太とわかり合えないまま別れてしまったことを、いまでも悔やんでいるんです。必死に、剛太のことをわかろうとしていたんです。とても頑固《がんこ》なひとなので、人様の前では決して口には出しませんが」

お母さんは顔を上げ、すがりつくように日向くんを見上げた。

「あの、私も……私も剛太に会えないでしょうか？　あなたたちみたいに」

しばらく黙り込んでいた日向くんが、申し訳なさそうに答える。

「すみません。会えないと思います。会えるなら僕たちのところなんかじゃなく、真っ先に、ご両親のもとにくるはずですから」

日向くんの答えに、お母さんは口を閉ざし、うつむいた。そんな様子に耐《た》え切れず、私は声をかける。

「でもっ……でも剛太さんは……いまでも一番、ご両親のことを大切に想っていると思います！」

私の言葉に小さく微笑んだお母さんが、うっすらと涙を浮かべてささやいた。

「では、剛太に伝えてください。私たちは……いまでも一番、あなたのことを愛している、と」

日向くんはお母さんの前でしっかりとうなずいて、また歩き出した。私は再びお母さんに頭を下げると、日向くんのあとを追いかけて、海岸へと続く坂道を下る。

「日向くん……」

海沿いの道まできたところで、私はやっと日向くんに声をかけた。

「日向くん、大丈夫？」

私の問いかけに、日向くんがふっと笑って振り返る。

「僕のことより、小海さんは大丈夫なんですか？　なんかいろいろひどいこと言われてたけど」

「私はあのくらい全然へーき。あのお父さん、ほんっとに頑固《がんこ》なんだから！」

日向くんはもう一度小さく笑うと、目の前に広がる海を見つめて言った。

「僕も大丈夫です。『病院にいけ』なんて言われたの、今回がはじめてじゃないし」

私は口を結び、日向くんの横顔を見る。

「小さいころから『見えてた』のに、誰も信じてくれなかった。父親には『いい加減にしろ』って怒鳴《どな》られて、母親は僕を精神科に連れていった。そしてたったひとりの兄は、僕のことをいつだって嘘つき呼ばわり。本当のことを言っているだけなのに……あの家は僕にとって、地獄だった」

「日向くん……」

前に満腹店長が、『あの子もいろいろと苦労してるんです』と言ったことを思い出す。

「『愛している』か……」

日向くんが、ぽつりとつぶやいた。

「姫さんは、お父さんとお母さんに、愛されていたんですね」

ひとり言のようなその声に、日向くんの孤独を感じ、胸がしめつけられる。

私は少し足を速め、彼の隣に並んだ。

「日向くん。私は信じるよ、日向くんのこと」

私がそう言うと、真っ直ぐ前を向いていた彼が目を瞠《みは》って、こちらを見る。

「だって私にも見えるんだもん。日向くんと同じものが。だから私は信じるよ。誰がなんて言っても、私は日向くんを信じる」

「小海さん……」

潮風の吹く道で、ふたり立ちどまる。私が笑ったら、日向くんも小さく笑った。

「帰ろう。日向くん。あのアパートに」

私の声に、日向くんが穏やかな笑みを浮かべながらうなずいた。


アパートの最寄駅に着いた私たちは、真っ直ぐ優麗荘へ向かった。

空はもう暗くなっていて、風がひんやりと冷たい。

階段を上《のぼ》って201号室のドアを叩く。やがて静かにドアが開いて、中から顔を出した姫さんが私たちを見て静かに微笑んだ。

「まぁ、あの頑固《がんこ》親父が、素直にあんたたちの言うことを信じるとは思ってなかったけど」

がらんとしたなにもない部屋で、私は今日、日向くんと一緒に姫さんの実家にいってきたことを報告した。お母さんからの伝言もちゃんと伝える。

開かれた二階の窓からは、うっすらと月の明かりが差し込んでいた。

「でもお父さんも、心の中ではきっとわかろうとしてるんです。姫さんが選んだ人生を」

私がそう言うと、姫さんはふふっと茶化すように笑う。

「ねぇ、あたし思ったんだけど、『剛太の人生に、悔いはなかった』ってセリフ、ちょっとカッコよ過ぎだったかしら」

そしてそのままの笑顔で、私と日向くんに言う。

「ありがとうね。あたしの気持ちを伝えてくれて。これであたしはこのアパートから出ていけるわ」

すると、ずっとうつむいていた日向くんが、はっと顔を上げた。

「ひなくん。あなたがいてくれて、本当によかった」

姫さんがそっと、日向くんの肩に触れる。

「でももう、あたしのことは忘れて。幽霊ばかりと付き合ってないで、ちゃんと目の前で生きてるひとのことも見てちょうだい」

日向くんは黙り込んだままだ。姫さんはそんな彼の肩を、やさしく叩きながら言う。

「生きている人間だって、ひなくんが思うような、悪いひとたちばかりじゃないのよ？　ねぇ、小海ちゃん？」

「え、あっ、はい！」

思わず返事をした私に、姫さんがくすっと笑う。そして私の耳元にそっとささやいた。

「これからはあたしの代わりに、ひなくんのことお願いね。あとは小海ちゃんに任せるわ」

「えっ」

その言葉に驚いて顔を向けると、姫さんの体がすうっと透けている。

まさか、このまま消えてしまうの？

慌《あわ》てる私の隣で、日向くんが口を開く。

「姫さん」

日向くんの声はいつもどおり落ち着いているが、少し震えていた。

「いつかまた会えますよね？」

彼の言葉に、姫さんが穏やかに微笑んだ。

「僕も姫さんがそばにいてくれてよかったです。いままでありがとうございました」

部屋に差し込む月明かりの中に、姫さんの姿が溶けていく。

私は日向くんの隣でぎゅっと目を閉じた。そして静かに開いたとき、ほのかな甘い香りを残して、姫さんの姿は消え去っていた。

第3章

「おはよう。ご飯だよ」

姫さんがいなくなってから数日後、私はいつもと同じようにお店に立ち寄り、キャットフードを持って優麗荘へ足を運ぶ。

集まってくる猫たちにご飯をあげつつ、ぼんやりと二階の部屋を見上げた。

あの部屋に、姫さんはもういない。

「あ……」

姫さんを想いながら猫にご飯をあげていたら、102号室のカーテンがまた少し開いていることに気づいた。よく見ると、カーテンのうしろから、ミウちゃんがこちらをのぞいている。

ミウちゃんは猫がご飯を食べている様子が気になるようで、こうして毎日ひっそりと眺《なが》めているのだ。

「おはよう」

私は今日も、意識して明るく声をかけてみた。いつも逃げられてしまうんだけど。

「みゃあ」

一番小さくてやせっぽちの三毛猫が、私の足元で鳴いた。今日のミウちゃんは、逃げずにじいっとその猫を見ている。

「猫ちゃん、かわいいでしょ？」

私はチビ猫を抱き上げて、少し離れた場所からミウちゃんに見せた。ミウちゃんはしばらくその場にじっとしていたけど、一瞬カーテンの陰に隠れたあと、カラリと静かにガラス窓を開けた。

「ミウちゃん?」

ふわりと風に揺《ゆ》れるカーテンの向こうに、うっすら透けたミウちゃんが立っている。向日葵《ひまわり》の柄がついた黄色いワンピース姿で、靴下は履《は》いていない。

「猫ちゃん、触ってみる? 怖くないよ?」

私は猫を抱いたまま、ゆっくりと窓に近づいた。風が吹くたびにカーテンが揺《ゆ》れて、小さなミウちゃんの姿が見え隠れする。

「ほら、かわいいでしょ?」

私が窓のそばまでやってきても、ミウちゃんは逃げなかった。カーテンのうしろからそっと顔を出し、猫のことを見ている。

「触ってみる?」

私は笑みを浮かべながら、チビ猫をそっと差し出した。ミウちゃんは私の顔をちらりと見上げたあと、恐る恐る手を伸ばす。

ミウちゃんの小さな手のひらが、猫のやわらかい背中に触れた。

「どう? あったかいでしょ?」

私が言うと、ミウちゃんは猫を見つめたまま、かすかにうなずいた。

まだ幼い女の子。この子は自分が幽霊になってしまったことに気づいているのだろうか。

「ミウちゃん？　なにしてるの？」

すると、部屋の奥から、ミウちゃんを呼ぶ女のひとの声が聞こえてくる。

はじめて聞く声に顔を上げたところ、ミウちゃんのうしろから、やっぱり少し透けている、三十代くらいの瘦《や》せた女のひとが顔を出した。黒い髪をひとつに束《たば》ね、どこか疲れた表情をしている。

ミウちゃんはそのひとの陰にさっと隠れ、彼女の黄緑色のスカートをにぎりしめる。ミウちゃんの頭をなでながら、女のひとが観察するように私を見た。

「あなたね？　霊が見える不動産屋さんって」

「あ、はい、はじめまして。満腹不動産の、一ノ瀬小海と申します」

私が挨拶《あいさつ》をすると、女のひとはすっと顔をそむけ、ミウちゃんに「お部屋に入っててね」とやさしい声音で言う。すると、隠れていたミウちゃんは、たたっと部屋の中へ走っていった。その背中を見送っていたら、窓辺に立つ女のひとが冷ややかな目で私を見下ろし、口を開く。

「あなた、私たちのことを追い出そうとしているんでしょう?」

「え?」

「二階に住んでいた姫さんってひとも、あなたに追い出されたんですってね?」

「ち、違います。追い出したとか、そんなんじゃ……」

予期せぬ言葉に、私は慌《あわ》てて首を横に振った。

「申し訳ないけど、私たちのことはこのまま放っておいてもらえませんか? 生きているひとを入居させたいなら、そうしていただいてかまいません。どうせ私たちのことは見えないだろうし、悪さなんてしませんから」

そんなこと言われても、やっぱり幽霊の住む部屋にひとを入居させるわけにはいかない。

「私たちはいまの生活に満足しているんです。このままミウちゃんとふたり、ここでひっそりと暮らしたいの。ミウちゃんにもう二度と、悲しい思いはさせたくない」

硬《かた》い表情を浮かべながら、女のひとはそう言って頭を下げる。

「お願いします。どうか、私たちのことは放っておいて」

「あの……」

私はどうしたらいいのかわからなくて、なにも返事ができない。おろおろとしているうちに、女のひとはさっと顔を上げ、窓とカーテンを閉めてしまう。

困ったな……どうしよう。

「放っておけばいいんじゃねぇの？」

突然背後から聞こえた声にはっと振り向くと、そこには作業着姿の一平さんが立っていた。

一平さんの金色の髪が、朝日に反射してキラキラと光っている。

「あのふたりは親子じゃないんだよ」

一平さんは座って、庭にいた茶トラとじゃれ合いながら話し始めた。

「ミウって女の子は、バカ親に虐待《ぎゃくたい》されて死んだんだ。内縁の夫ってやつ？　そいつにアザだらけにされてさ。母親はそれを隠すためにミウを部屋に閉じ込めて、食事もろくに与えないで……」

「ひどい……」

「いまごろまだその親は、どこかでのうのうと生きてるよ」

一平さんは茶トラをごろんと転がして、わしゃわしゃとお腹をなでまわす。茶トラは気持ちよさそうな顔をして「にゃあ」とひと声鳴いた。

「女の方は南沢咲良《みなみざわさくら》。三十五歳、独身、癌《がん》で死んだ。生きてるころ、ミウのアパートの近くに住んでいたから、あの子が虐待《ぎゃくたい》されていることに気づいてた。なのに、なにもしてあげられなかったことを、いまでも後悔している。その罪滅ぼしとでも思っているんじゃねぇの？　この辺を彷徨《さまよ》っていたミウを拾って、ここに住みついたんだ」

そうだったのか。私はてっきり、咲良さんはミウちゃんのママだと思っていた。

「って、ひとのことはどうでもいい。それより俺はあんたに頼みがあってきた」

「私に……頼み？」

「まぁ日向に頼んでもよかったんだけどよ。あいつを残していくのが心配で、今までなかなか頼めなかったんだ。ほら、あいつ友達いねーだろ？　俺がついていてやらないと、と思ってたんだけどさ……」

そこまで言うと、一平さんはやわらかな笑みを私に向ける。

「でもあんたなら、あの生命力なさそうな日向のことも、なんとかしてくれると確信したんだ」

「えっ、どうして？　私はただの不動産屋ですよ？」

「まぁまぁ。俺はあんたにいろいろ期待してるわけよ。姫の頼みも聞いてやったんだろ？　だったら俺の頼みも聞いてくれるよな？」

先ほどまでの柔和な雰囲気から一転、一平さんは真剣な表情を浮かべて立ち上がる。

「これを、ある女に届けて欲しい」

一平さんは、がさごそとポケットの中をあさり、小さな箱を取り出す。

「お守りだって言ってくれ。いい男が見つかるまでの」

それはテレビなどでよく見る、指輪の入った小さな箱だった。


「それ、エンゲージリングです」

私は、一平さんから預かった箱を持って日向くんの部屋へいった。詳しいことは日向に聞いてくれとだけ言って、一平さんはいなくなってしまったからだ。

「一平さんは、彼女にそれを渡してプロポーズしようと思ってました。それなのに、歩道橋の上で彼女の姿を見つけ、駆け寄っていく途中、階段から転げ落ちて亡くなりました」

「そう……だったの」

「一平さんはその死に方を恥ずかしいと思っているから、自分からは小海さんに話せなかったんだと思います」

なるほど、だから日向に聞いてくれって言ったのか。

「彼女はその指輪の存在を知らないんです。一平さん、サプライズプロポーズしようと思っていたらしいし、落ちた瞬間にそれが遠くに転がってしまって、誰にも発見されなかった」

「じゃあこれは誰が」

「僕が捜《さが》し出しました」

日向くん、姫さんの事件もそうだったけど、そこまでしてあげるなんて親切すぎる。

「でもこれ、いい男が見つかるまでのお守りだって言ってた。もし俺より大切にしたい男が見つかったら、指輪は捨てろって伝えておいてくれって」

「お守り？」

「いつまでも見守っているから、これをお守りにして早くいい男を見つけろよ、って意味なんじゃないかな？　ねぇ、これ、彼女に届けてあげようよ」

私は張り切って日向くんを見上げる。けれど彼は浮かない顔だ。

「日向くんだって、彼女に届けたいからこれを見つけてあげたんでしょ？」

「そうですけど……」

日向くんはしばらく黙って、それから小声で言った。

「無事に届けられたら……きっと一平さんも、ここからいなくなってしまいますよね？」

たしかにそうかもしれない。現に、姫さんも、アパートから消えてしまったから。

「でもそれでいいんだと思うよ？　願いが叶って、この世に未練がなくなったら、やっぱりあのひとたちにはいくべき場所があるんだと思う」

「小海さんはそう言うと思ってましたけど……」

日向くんは私から顔をそむけて、小さく息をつく。そんな彼の様子を見て、私は姫さんが言っていた言葉を思い出した。

『幽霊ばかりと付き合ってないで、ちゃんと目の前で生きてるひとのことも見てちょうだい』

そうだ、日向くんはこのままじゃいけない。一平さんと別れるのはつらいけど、でも日向くんは生きているんだから。

私は彼の腕を、ぎゅっとつかむ。

「一平さんがそうしたいんだから、叶えてあげるべきだと思う。私はこれを渡しにいく。ひとりでもいく」

「でも、また信じてもらえなかったら?」

「今度は信じてもらえるように、上手くやる」

「もし信じてもらえたとしても……彼女がそれを拒んだら? きっと一平さん、傷ついてしまう。自分の死に追い打ちをかけるように、フラれるわけですから」

私は日向くんの腕をつかんだまま固まった。お守りを断られる想定は、していなかったのだ。

「そ、そのときはそのときで、改めて考える……」

苦笑いしてごまかしたら、日向くんはまた深くため息をついた。

次の定休日、私は日向くんと一緒に、大きな建設会社の前にきていた。その立派な自社ビルを見上げ、私はため息をもらす。

「本当にここの社長令嬢と、一平さんが付き合ってたの？」

「小海さん。失礼ですよ、そういう言い方」

「ごめん。でもさぁ」

「ふたりは小学校からの同級生だったんです。中学生のころ、一平さんが告白して、付き合い始めたそうですよ」

「へぇ……それからずっと付き合ってたんだ」

一平さんって、意外と一途だったのね。彼女は、どんなひとなんだろう。

ちょっとどきどきしながら待っていると、日向くんが声を上げた。

「あのひとです。一平さんの彼女」

日向くんが指差す方に目を向けると、会社兼社長宅でもあるビルの中から、若い女のひとが出てきた。

黒いワンピースを着た、長髪で色白の、清楚なお嬢様風のひとだ。手には百合《ゆり》の花束を抱えている。

「あ、あのひと？　すっごい美人。ほんとにあのひとと一平さんが……」

「だから失礼ですって。そういう言い方」

「ごめん」

日向くんがため息をつき、彼女のあとを追うように歩き出す。私もそれについていく。

「彼女、新渡戸《にとべ》建設の社長令嬢、新渡戸麻衣子《まいこ》さんは、一平さんが亡くなってからの半年間、毎日この夕暮れ時に、必ずいく場所があるんです」

麻衣子さんのうしろをこっそり歩きながら、日向くんの声を聞く。

「どんな場所？」

「一平さんが亡くなった、歩道橋です」

しばらく歩くと、国道にかかる歩道橋に着いた。麻衣子さんがその下にしゃがみ込み、そっと花束を手向《たむ》ける。そして両手を合わせ、静かに目を閉じた。

「僕の推測では、麻衣子さんはまだ一平さんのことを好きだと思います」

「うん。だったら、このお守りを断るはずないよ」

私は麻衣子さんの横顔を見つめた。じっと目を閉じている彼女は、きっと一平さんのことを想っている。

そう思うと、私はいても立ってもいられず、バッグの中から指輪の入った箱を取り出した。

「私、これを渡してくる」

この指輪には一平さんの想いが詰まっている。いまも一平さんを好きなのであろう麻衣子さんに、彼の想いを伝えてあげたい。

「ちょっと待ってください！」

しかし、一歩足を踏み出した私の腕を、日向くんがつかんだ。ぐいっと引き寄せられて、彼の胸にもたれかかるような体勢になり、慌《あわ》ててしまう。

「ちょっ、な、なに」

「あれ、見てください」

日向くんが私の耳元でささやいた。私はさりげなく体を離して、歩道橋の下を見る。

そこには、立ち上がった麻衣子さんに駆け寄る、スーツ姿の男のひとがいた。彼はうつむく麻衣子さんに声をかけ、その手でそっと肩を抱く。

「だ、誰？　あのひと！」

「けっこうイケメンですね。背も高いし」

「そういうんじゃなくて！　なんで肩なんか抱いちゃってるの？」

ひどい。いくら一平さんが彼女の幸せを願っていても……まだちょっと早すぎる。

これでは一平さんが報《むく》われない。

すると、麻衣子さんは男のひとに肩を抱かれながら歩き出した。その足取りはどこかふらふらとしていて、男のひとが麻衣子さんを支えるように寄り添う。

「私、これ渡してくる！　一平さんは最期まで麻衣子さんのことを想っていたって、いまでも麻衣子さんのことを想っているって、伝えなくちゃ！」

「ちょっと待って！」

私がそう言って走り出そうとすると、また日向くんにとめられた。

「それを渡すのは待ってください」

「なんで……」

日向くんが私の腕を力強くつかむ。振り返ってその顔を見上げると、日向くんは、苦しそうな表情で言った。

「やっぱりそれを渡すの……やめませんか？」

「どうして？」

ここまできて、あんなもの見せられて。いまさらあとには引けない。

「麻衣子さんは……生きてるから」

日向くんが、こちらに顔を向けてそう言うのを、私は黙って聞いた。

「麻衣子さんは、生きてるんです。これからも生きなきゃいけない。だからたぶん……一平さんのことは、忘れなきゃいけないと思うんです」

私の手から、日向くんが指輪の箱を取り上げる。

「これを渡したら……彼女は一平さんを思い出して、前へ進めなくなってしまう」

私は首を横に振る。

「日向くんの言うことも、もちろんわかる。でも私はやっぱり、この指輪は渡してあげたい。一平さんは麻衣子さんのことをいつまでも見守っているよって、伝えてあげたい。その気持ちを大事にしながら前へ進むことだって、できると思う」

今度は日向くんが首を横に振った。

「いや、だめです。そんなことをしたら、彼女は一平さんに縛《しば》られてしまう。一平さんのことだけを想って、これからの長い人生を生きていかなきゃいけなくなる」

「そんなことないよ。一平さんだってそれは望んでいないもの。私から、一平さんの気持ちを伝える。伝えることができるのは、私たちだけなんだよ？」

私は、日向くんの持っている指輪の箱に手を伸ばす。彼はそれを取られまいと、手を高く上げた。

「だめです。これは渡しません」

「日向くん！　もうっ、強情なんだから」

「強情はどっちですか？」

ジャンプをして、日向くんの腕をつかんだ。その瞬間、彼の手から指輪の箱が離れ、宙を舞う。

「あっ……」

ふわりと飛んだ指輪の箱は、ちょうどこちらへ向かって歩いてきていた麻衣子さんの足元に落ちた。

「ああっ！」

叫ぶ私の前で、麻衣子さんが目の前に転がった指輪の箱に手を伸ばす。そしてそれを拾い上げると、じっと箱を見つめた。

「あ、あの……それは……」

私は慌《あわ》てて麻衣子さんに近づく。すると、ゆっくりと顔を上げた麻衣子さんが、私のことを見つめて問う。

「いま……一平さんがどうとかって、言っていませんでしたか？」

聞かれてた？

あせる私のうしろから、日向くんはさっと動き、麻衣子さんの手から箱を奪《うば》う。

「すみません。なんでもないんです。気にしないでください」

「でも、いま、たしかに一平さんって……」

私は日向くんの手から箱を取り返し、それを両手で持って麻衣子さんに差し出す。

「これっ、受け取ってください。あなたが幸せになるためのお守りです」

「小海さん！」

日向くんが私をとがめる。けれど、私は箱を麻衣子さんに押しつけた。彼女は黙ってそれを受け取ると、私の目の前で箱を開く。

「あ……」

箱の中には、小さな宝石のついた、銀色に光る指輪が入っていた。

麻衣子さんはその指輪を見て目を瞠《みは》る。

「どういうことだ？　これは」

麻衣子さんの隣に立っていた男のひとがつぶやいた。私ははっと気づいて彼に目を向ける。あまりにも必死で、男のひとがいることを忘れていた。

「信じてもらえないかもしれないですけど、私、一平さんに会って頼まれたんです。それを、麻衣子さんに渡してくれと。いい男が見つかるまでのお守りだからって。もし俺より大切にしたい男が見つかったら、そのとき指輪は捨てろって、一平さんそう言ってました」

私は一平さんの想いを伝えようと、懸命に言葉を紡《つむ》ぐ。

麻衣子さんは箱から指輪を取り出し、それをじっと見つめた。

「一平さんはいつまでも、麻衣子さんの幸せを願っています」

「バカな……一平は死んだんだ。死んだ人間に会えるはずない。まさか幽霊に会ったとでも言うんじゃないだろうな？」

「そうです。私、一平さんの幽霊に会いました」

男のひとが、呆れたように笑い出す。そして麻衣子さんの手から指輪を取り上げた。

「バカバカしい。こんなもの偽物に決まってるだろう？　さっさと返して帰ろう」

「ダメっ！　それは私のものなの！」

しかし麻衣子さんは、男のひとから指輪を奪《うば》い返した。そして大事そうに自分の薬指にはめる。

「ありがとうございます。私に届けてくれて。これ、たしかに一平からの指輪です」

指輪をはめた麻衣子さんが、眦《まなじり》にうっすら涙をためながら私を見る。

「い、いえ……」

信じてもらえないかもと思っていたから、麻衣子さんがすんなりと指輪を受け取ってくれて少し戸惑《とまど》う。そんな私に彼女が一歩近づいてたずねた。

「あの、私も一平に会えますか？　会ってお礼を言いたいんです」

「え、それは……」

困った私が日向くんに視線で助けを求めると、彼は首を横に振って麻衣子さんに答えた。

「たぶん……会えないと思います。誰でも会えるわけではないので」

「そんな……でも、あなたたちは会えたんでしょ？　だったら私も、会えるかもしれないじゃないですか」

「会えるなら……とっくにあなたの前に現れているはずです」

麻衣子さんは苦しげに顔をしかめると、手を伸ばし、日向くんの腕を強くつかむ。

「どうして？　どうして私には見えないんですか？　私も会いたいの……会わせて……！」

黙っている日向くんの腕を、麻衣子さんが激しく揺《ゆ》さぶる。

「お願い！　どうすれば会えるか教えて！　会いたいの、一平に……私も会いたい！」

「麻衣子！」

男のひとが叫ぶと、麻衣子さんは日向くんから手を離して頭を抱え、わーっと声を上げてうずくまった。

私は呆然とその姿を見つめる。泣き叫ぶ麻衣子さんを男のひとが抱え込む。

「もうやめてください！　やっと落ち着いてきたところだったのに……これ以上、麻衣子を刺激するのはやめてください！」

男のひとはそう叫ぶと、麻衣子さんをなだめるように抱き寄せた。

「麻衣子、帰ろう。一平はもういないんだ。もう会えないんだよ」

しかし麻衣子さんは、首を横に振って泣き続ける。男のひとは麻衣子さんの肩を抱き、ゆっくりと立ち上がらせ、抱きかかえながら歩き出した。

私たちは呆然と突っ立ったまま、そんなふたりの背中を見送ることしかできなかった。

窓の外が美しい夕焼け色に染まっている。私はさっきからずっと、麻衣子さんのことを考えていた。

「飲みますか？」

目の前にマグカップが差し出される。

「ホットミルクです」

顔を上げると、日向くんがちょっと笑って私を見ていた。

「ありがとう」

私も少し頬をゆるめ、手を伸ばしてそれを受け取る。そっとマグに口をつけたら、甘い香りが鼻先をくすぐって、なんだか涙が出そうになった。

「私のしたこと……やっぱり間違ってたのかな……」

ひとくちミルクを口にしてつぶやく。

一平さんのことを忘れようとしていた麻衣子さんに、指輪を渡すことは間違っていたのか。私の自己満足でしかなかったのだろうか。

「日向くんの言うとおり、渡さない方がよかったのかな……」

日向くんはなにも言わなかった。なにも言わないまま私の隣に座って、両手でマグカップを包んでいる。

窓から西日が差し込んできた。日向くんの部屋の中が、オレンジ色に染まっていく。

「僕も……わからないです」

静かな空間に、ぽつりと日向くんの声が響いた。

「僕は結婚したいと思うほど……ひとを好きになったことがないから」

「……うん」

自分が麻衣子さんの立場だったら、どちらがよかったのだろう。

一平さんが自分を見守ってくれていることを知った方がよかったのか。それとも、そんなことは知らずに生きていく方がよかったのか。

じっとうつむきながらふたりで考えていると、トントンッと、部屋のドアを叩く音が聞こえた。鍵のかかっていないドアがすぐに開き、私と日向くんは顔を上げる。

そこにはいつもの格好をした一平さんが立っていて、私たちの冴《さ》えない顔を見ると、

「よっ」っと片手を上げて笑った。

「そっか。渡してくれたのか、あの指輪」

一平さんがそう言って、満足そうにうなずく。

「でも……」

私の言葉をさえぎるように、一平さんが口を開いた。

「泣いてただろ？　あいつ」

驚いて一平さんを見ると、一平さんは、すべてわかってるという顔で、私を眺《なが》める。

「泣き虫だからな。きっとまだ泣いてるんだろうなって、思っていたんだ」

そう言うと、一平さんは軽く笑う。

「でもあいつ、芯は強いやつだから。もう少したてば、きっと泣きやんで笑ってくれる。俺はそう信じてる」

「一平さん……」

するとと私の隣で日向くんが問いかける。

「一平さんは……麻衣子さんが他の男と付き合ってもいいと思っているんですよね？」

「ん？　まぁ、いつかはな」

一平さんは日向くんの言葉に不思議そうな表情を浮かべながら、首を縦に振った。

「もういたんです。男のひとが」

「ちょっと、日向くん！」

なにもそんなことまで言わなくても。

「ああ、そいつ、けっこうイケメンだっただろ？　麻衣子の兄貴だよ。俺もよく知ってる。俺にとっても兄貴みたいなやつだった」

一平さんが懐かしそうな顔をして微笑む。

「麻衣子の家族も、友達もさ、みんないいやつばっかだから。まわりのみんなに支えられて、きっとあいつも立ち直ってくれると思う」

日向くんは黙って、一平さんのことを見つめる。

「立ち直って、そんで俺よりいい男が見つかったなら、そんときはしょうがねぇだろ。麻衣子がそれで幸せになれるなら。もう俺じゃあ、あいつになにもしてやれないもんな」

一平さんはふざけたように言ったあと、ちょっとかすれた声でつぶやく。

「だからせめてあの指輪を、お守りに渡したかったんだ。麻衣子にはさ……幸せになって欲しいから」

隣に座る日向くんの両手が、マグカップをぎゅっとにぎりしめたのがわかった。

「ま、とにかく、俺の願いを叶えてくれて、サンキューな。俺はもうおとなしく、あいつのことを見守るとするよ」

「一平さん……いっちゃうの？」

私の声に、一平さんが前歯の欠けた歯を見せてニカッと笑う。

「不動産屋としては、その方がいいんだろ？　家賃も払わねー幽霊なんか、なんの得にもならねーもんな」

そうではないと必死に首を横に振る。すると私の頭を、一平さんがポンポンとやさしく叩いた。

「あんたのおかげでさ、俺は安心してここを出ていけるよ。あとは任せた」

胸がぎゅっと痛くなって、涙が溢《あふ》れそうになる。

「ま、たまには麻衣子のことも気にかけてやってくれよ。何度も言うようだけど、あいついいやつだからさ、マジで」

「わかってる。一平さんの彼女は、いいひとに決まってる」

私が震える声でそう言うと、一平さんは、ははは っと軽く笑って、それから日向くんのことを見る。しかし、日向くんはうつむいたまま、なにもしゃべろうとしない。

「日向」

そんな日向くんに向かって、一平さんが目を細めながら言う。

「助かったよ、ほんと、お前がいてくれて。お前が指輪を見つけてくれたから、麻衣子に渡せたわけだし。幽霊ってなんにもできなくて、マジ不便だな」

一平さんが、日向くんの肩を一回だけやさしく叩く。

「俺にはお前が必要だった。ありがとな、日向」

一平さんの言葉に、日向くんがゆっくりと顔を上げた。その目はかすかに潤《うる》んでいる。

そして一平さんは、こほんと咳払いをして立ち上がった。

「えー、幽霊からお前らにひとつ忠告しておく。人間いつ死ぬかわかんねぇ。一分一秒先のこともわかんねぇ。だから後悔しないように、いまを大事に生きろ。それだけだ」

一平さんはそう言って、いつもみたいにいたずらっぽく笑う。

「じゃ、またいつか」

「ちょっと待ってください！　一平さん！」

いまにも出ていってしまいそうな一平さんを、私は必死に引きとめた。

不思議そうな顔をして、一平さんが振り返る。

「最後にもう一度だけ、麻衣子さんに会いにいきませんか？　会って直接、一平さんの気持ちを麻衣子さんに伝えませんか？」

もちろん麻衣子さんに一平さんは見えないし、声も聞こえない。それでもこんなに想い合っているふたりなら、なにか伝わるものがあるかもしれない。

そしてきっと、麻衣子さんは一平さんへの想いを胸に抱えて歩いていけると、私は信じてる。

日向くんはなにも言おうとしない。一平さんは少し考えるような顔つきをしたあと、ニッと歯を見せて私に笑いかけた。

翌日、仕事が終わったあと、私は新渡戸建設の前にひとりでやってきた。

日向くんはこなかった。きっと私が余計なことをしていると思っているのだろう。

「一平さん？　いるの？」

ひんやりとした風に吹かれながら、呼びかけてみる。

一平さんとは、ここで待ち合わせていた。さっきから気配は感じているのに、姿は見えない。もしかして優麗荘以外の場所で、私は幽霊を見ることはできないのだろうか。

不安に駆られつつもしばらく待っていると、ビルの中から、黒いワンピースを着た麻衣子さんが現れた。今日も、百合《ゆり》の花束を抱えている。

その姿を見て、とりあえずほっとした。彼女が生きていてくれただけで、ものすごく安心したのだ。

「一平さん、いきますよ」

見えない一平さんに声をかけ、私は麻衣子さんのあとをついて歩いた。やがて歩道橋にたどり着くと、麻衣子さんは手を合わせる。今日は、お兄さんはいないようだ。

私も少し離れた場所から、同じく手を合わせ、目を閉じる。

「あの……」

はっと気づいて目を開けると、目の前に麻衣子さんが立っていた。もしかして、私があとをつけていたことに気づいていたのだろうか。

「あの、昨日は……取り乱してしまって、すみませんでした」

「いえっ、そんなこと……こちらこそ、驚かせてしまって、ごめんなさい」

麻衣子さんは静かに微笑んで、首を横に振った。

「昨日はゆっくり聞けなかったけど……一平には、どこで会えたんですか？」

私は麻衣子さんに答える。

「『優麗荘』っていうアパートです。そこに一平さんは住んでいました。でももうすぐ、一平さんは出ていきます。麻衣子さんにお守りを渡すことができたから」

麻衣子さんの指を見ると、左手の薬指に一平さんの指輪が光っていた。

「一平の気持ち、大事にしようと思ってます」

そう言うと、麻衣子さんは穏やかな笑みを浮かべ、指輪を見つめた。

私はうなずいて、昨日から気になっていたことを聞いてみる。

「そういえば麻衣子さん、すぐに私たちの言うこと、信じてくれましたよね？　その指輪だって、本当に一平さんからのものかどうかわからないのに」

私が言うのもなんだけど。

するとと麻衣子さんは小さく笑って、すっと手を上げ、私に指輪をはずして見せてくれた。

「これは一平からのプレゼントに間違いありません。ほら、この内側に刻印がされているでしょう?」

見ると、日付が刻まれている。十年前の日付だ。

「これ、一平が私に告白してくれた日なんです」

「あ……」

「この日から、私たちは始まったんです」

愛おしそうに指輪の日付をなぞり、麻衣子さんは言葉を続ける。

「ちょうど十年後のこの日に、プロポーズしようと決めてたんじゃないのかな。なのにそれを言う前に死んじゃうなんて、ほんとバカなんだから、あいつ」

ふふっと笑った麻衣子さんが指輪をはめ、そっと涙を拭《ぬぐ》う。薬指のリングに美しい涙が落ち、キラキラと光る。

私は麻衣子さんに言った。

「幸せに……なってください」

麻衣子さんが顔を上げ、潤《うる》んだ目で私を見る。その目からまた涙がこぼれた。

私はいつか、日向くんから聞いた言葉を思い出した。

見えないひとには見えない。声も聞こえない。手を伸ばしても届かない。

一平さんはもう、麻衣子さんに触れることもできないのだ。

そして麻衣子さんも――もう二度と、一平さんに触れることができない。

不意に目の前に、うっすらとひとの姿が浮かび上がった。

――一平さんだ。

その姿はいつもより透けていて、とても儚《はかな》い。

一平さんの指先が、麻衣子さんの涙に触れた。麻衣子さんは、そっと目を閉じる。

「麻衣子……ごめんな？　もう俺は、お前の涙を拭《ふ》いてやることもできないんだ……」

かすかに風が吹いて、麻衣子さんは目を開けた。

「でも、ずっと見守ってるから、お前のこと。だから……幸せになって」

一平さんの声は、麻衣子さんに届かない。届かないはずなのに……

静かに顔を上げて、麻衣子さんは答えた。

「はい。私……幸せになります」

麻衣子さんが空を見上げるようにして、穏やかに微笑む。

もしかして、麻衣子さんは感じているのかもしれない。目の前にいる一平さんの視線を、声を、ぬくもりを。

「じゃあ、またいつか」

最後にそっと麻衣子さんの頬に触れてから、一平さんが手を離す。そして私に向かって、いつもみたいに軽く笑いかけると、夕陽の中に消えていった。

一平さんがいってしまう……

私はぐっと涙をこらえた。だって私なんかより、麻衣子さんの方がずっとつらいはずだから。

麻衣子さんは涙を光らせながら微笑むと、私に頭を下げ、ゆっくりと歩き出す。この前よりも確実に、しっかりとした足取りで。

彼女のこれからの人生がどうなっていくかなんて、私にはわからない。わからないけど……

彼女には幸せになって欲しいと、心から願う。

そしてまたいつか、麻衣子さんも私も、一平さんに会える日がくるのだろう。


「小海さん」

気づいたら、歩道橋の下で泣いていた私の前に、日向くんが立っていた。

どうして私がここにいるとわかったのだろう、と驚いていると、日向くんがすっとハンカチを差し出してくる。

「これ、使ってください。新品だから綺麗です」

「あ、ありがと」

私は日向くんからハンカチを受け取り、涙を拭《ふ》く。

「ああっ、ごめん。鼻水も拭《ふ》いちゃった」

「いいですよ。洗濯するから」

日向くんがそう言って手を伸ばしたけれど、私はハンカチを自分のバッグに押し込んだ。

「新しいの買って返します」

「べつにいいのに」

「それよりなんで日向くんがここに？」

気になっていたことを問いかけると、日向くんはふっと笑い、私を置いて歩き出す。

「あ、ちょっと待って……」

私は、慌《あわ》てて彼のあとを追いかけて隣に並んだ。

「日向くん、いつから見てたの？」

「最初からです」

「えっ、そうだったの？　見てたなら声かけてよ」

私が不満げにそう口にすると、日向くんは隣でまた少し笑い、前を見たままつぶやく。

「これでよかったんですかね……」

私は最後に見た、ふたりの顔を思い出す。

「うん。たぶん……よかったんだよ」

空がオレンジ色に染まり、私たちの影が長く伸びる。

「またひとり……いなくなっちゃったな……」

ひとり言のような日向くんの言葉が、胸に重く響いた。

「このままあのアパートからみんな消えちゃったら……もう僕を必要とするひとは、誰もいなくなる」

日向くんは今にも消え入りそうな声で、そう言う。

「そんなこと、ないよ！」

私は日向くんの前にまわり込み、彼の腕をぐっと強くつかむ。

「まだ日向くんを必要としているひとは、いるよ？」

しかし、日向くんは私の顔を見つめたまま、なにも言わない。

やわらかい西日の中、ひんやりとした秋風に吹かれながら、私たちはただ黙って歩いた。

第4章

その日は朝から冷たい雨が降っていた。それは午後になってもやむことなく、私は雨の中、傘を差して優麗荘へ向かった。

雨の日でも、ご飯の時間になると猫たちはどこからか集まってくる。101号室の友朗さんの部屋の前は、二階のベランダのおかげで雨を避《よ》けられるから、雨の日はここでご飯をあげることにしていた。

その日も私はキャットフードを抱え、庭へ入ろうとした。しかしいつもと違う光景に、驚いて立ちどまる。

「ミウちゃん？」

降りしきる雨の中、ピンク色の長靴を履《は》いて、ピンク色の傘を差したミウちゃんが、うれしそうに傘をくるくるとまわしたり、踊るように動きまわったりしている。そしてそれを隣で見守る咲良さんの顔には、穏やかな笑みが浮かんでいた。

ふたりのこんな顔を見るのははじめてで、私はびっくりしてその場に立ちつくす。

「あ……」

私に気づいたミウちゃんが、咲良さんの陰に素早く隠れてしまう。咲良さんも私の顔を見るなり、表情を硬《かた》くする。

私はぎこちない笑顔を作ると、ミウちゃんの前にしゃがみ込んだ。

「雨、好きなの？」

咲良さんの陰に隠れて、ミウちゃんはちらりと私を一瞥《いちべつ》したあと、黙ったまま首を横に振る。

「かわいい傘だね？」

するとミウちゃんの代わりに、咲良さんが答えた。

「日向くんが買ってきてくれたんです。傘と長靴を。ミウちゃんに、『これがあれば雨でもお外に出られるよ』って」

「え、日向くんが？」

咲良さんは小さくうなずくと、ミウちゃんのやわらかそうな髪をやさしくなでる。

「ミウちゃんが日向くんに、『お外に出てもいいの？』って聞いたら、日向くんが『いいんだよ。雨の日も晴れの日も、お外に出ていいんだよ』と。そうしたらミウちゃんが、『雨の日にお外に出てみたい』って……」

ミウちゃんは咲良さんのスカートをつかんで、もじもじとしている。

裸足《はだし》のまま、家の中にずっと閉じ込められていたというミウちゃん。この子は母親の言いつけに縛《しば》られて、外へ出ることを恐れていたんだ。

私はそんなミウちゃんに笑いかけて、キャットフードを見せた。

「これから猫ちゃんにご飯をあげるんだけど、ミウちゃんもお手伝いしてくれるかな?」

ミウちゃんはなにも答えなかった。私は立ち上がり、ベランダの下に洗面器を並べる。

すると、どこからか猫たちがぞろぞろと集まってきた。

「ほら見て。猫ちゃんたち、ご飯食べにきたよ」

ミウちゃんが、ちらちらとこちらを見ている。私がキャットフードを取り出し、ひとつ目の洗面器の中に流し込むと、猫たちが「にゃー、にゃー」と騒いで、洗面器に群《むら》がった。

「ちょっと待って、いまあげるから。順番順番」

ご飯にありつけない猫たちが、フードを催促《さいそく》して飛びついてくる。

気づくとミウちゃんが、咲良さんと一緒にそばで見ていた。私はうれしくなって、ふたつ目の洗面器にキャットフードを入れ、ミウちゃんに差し出す。

「ミウちゃんも、あげてみる?」

ミウちゃんはじっと、フードの入った洗面器を見つめる。すると咲良さんがそれを受け取って、ミウちゃんに近づけた。

ミウちゃんは恐る恐る洗面器に手を伸ばして咲良さんと一緒に持ち、猫たちの前に置く。

待っていた猫たちが、勢いよくキャットフードを食べ始めた。ミウちゃんはしゃがみ込み、珍しそうに眺《なが》めている。

「ミウちゃんのくれたご飯、美味《おい》しいって言ってるよ」

ミウちゃんは、瞳をキラキラと輝かせて、しばらく猫たちの様子を食い入るように見ていた。けれど、ふと私と目が合うと、逃げるように部屋の中へ駆け込んでしまう。

「あの子……」

そんなミウちゃんの姿を見送りながら、咲良さんがつぶやく。

「ここで私と暮らすようになって、はじめて外へ出たんです。お外へ出るとママに怒られるからって」

私は顔を上げ、咲良さんを見る。

「そんなひどい母親だったのに、ミウちゃん、いまでもママのことを待っていて……このアパート、あの子が住んでいたアパートとそっくりなんです。だからここで待っていれば、ママが迎えにきてくれるって信じてるんです」

咲良さんが小さくため息をつく。

「私はあの子のママにはなれないけれど、あの子とこのままずっと、ここでママを待ち続けたいと思ってます」

「そんな……」

静かに立ち上がる咲良さんを引きとめるために、私は彼女の目の前に立った。

「どんなに待っても、ミウちゃんのママはこないんでしょう？　それなのに、いつまでも待ってるなんて……逆にミウちゃんがかわいそうじゃないですか！」

「だったらっ……」

大きな声を出しかけて、咲良さんは声を抑える。

「だったらどうすればいいんですか？　ママはもう迎えにはきてくれないって、あの子に伝えればいいんですか？　私にはできない。あんなにひどい母親でも、ミウちゃんにとっては大好きなママだったんです」

咲良さんは苦しげな表情を隠すようにすっと私から顔をそむけ、ミウちゃんが待つ部屋へ向かう。

雨が、庭の草木や地面を叩く。窓ガラスが静かに閉まり、私の足元にはミウちゃんのピンク色の傘が転がったままだった。


猫たちの世話を終え、私はひとりでアパートをあとにした。

うつむきながら、水たまりを踏みつけるようにして歩く。

傘を叩く雨の音が響いて、頭が少し痛い。

「あっ」

差していた傘がなにかにぶつかった。

顔を上げるとすぐ目の前に、傘を差した日向くんが立っている。

「危ないですよ。下を向いたまま歩いてると」

私は苦笑いをして、日向くんの顔を見上げた。

「どこいってきたの？」

「コロッケを買いに。急に食べたくなって」

日向くんはそう答え、手に持っていた『はるみや』の袋を私に見せる。

「ああ、わかる。私も突然食べたくなるときある」

そう言って笑ってみたけれど、上手く笑えず、私はさりげなく日向くんから目をそらした。

「いまね、ミウちゃんに会ったよ。庭でピンク色の傘を差して、すごくうれしそうだった」

「ああ……」

「今日はじめてお外に出られたって。よかったね、日向くんのおかげだね」

私は意識して明るい声音で話したが、日向くんは私の前に立ったまま、なにも言わない。

「あ、そうだ、これ。ずっと渡しそびれちゃって……」

私はバッグの中に入れっぱなしだった包みを取り出した。

「前に借りたハンカチ。新しいの返すね」

「そんなのいいって言ったのに……」

「そういうわけにはいきません。はい、よかったら使って」

少し強引に日向くんの手にそれを持たせ、私はもう一度笑顔を作った。

「じゃあ、またね」

降りしきる雨の中に、一歩踏み出そうとしたそのとき――日向くんが私の腕をつかんだ。

「大丈夫ですか？」

日向くんの声が雨音と交じり合う。

「ミウちゃんたちのこと、考えてるんでしょ？」

私は小さく息をついた。やっぱりこのひとは、なんでもお見通しなんだ。

「あんまり無理しない方がいいです。幽霊たちに関わるのは、とても気力と体力を使うんです」

じゃあ、このもやもやした頭痛も、そのせい？

「でも……日向くんだって、いつもみんなのこと考えてあげてるじゃない。日向くんこそ、無理しない方がいいんじゃないの？」

私が振り向いてそう言うと、日向くんは少し笑って、つかんでいた手をそっと離した。

「小海さん。コロッケ、一緒に食べません？」

日向くんがもう一度、持っていた袋を私に見せる。

「おばちゃんに一個おまけしてもらったんです。だから、よかったら一緒に」

私は黙って、雨の中、やさしく微笑む日向くんを見つめていた。


近くの公園にある東屋《あずまや》。その中にあるベンチに、日向くんと座る。

「お店、大丈夫ですか？」

「うん。そのまま帰っていいって。まぁいつだって暇なんだけど、あの店は」

いつもは午後のキャットフードをあげたあと、お店に戻ってから家に帰るけれど、今日は店長に電話して「具合が悪いから直帰させて欲しい」と頼んだ。店長はいつものんびりとした口調で「大丈夫ですか？　お大事に」と言ってくれた。

私が小さく笑うと、日向くんは「ちょっと冷めちゃったけど」と言って、コロッケをひとつ差し出してくれる。

「ありがとう。いただきます」

私はお礼を言い、受け取ったコロッケを口にした。まだほんのりとあたたかくて、ほっこりと甘い味がする。

それを食べつつ、私はミウちゃんのことを想った。ミウちゃんは生前、こんなに美《お》味《い》しいものをお腹いっぱい食べたことがあったのだろうか。

「日向くん……」

「はい」

私は降り続く雨を見ながら、隣に座る日向くんに語りかける。

「もしかして……日向くんの言うとおりなのかもしれないね」

日向くんは黙って私の話を聞いている。

「ミウちゃんも、咲良さんも……このままあのアパートで、ずっと暮らしていけばいいのかもしれない。本人たちが、それを望むんだったら」

さっき咲良さんと話してから、ずっと考え続けていたことを日向くんに吐露《とろ》する。

「僕は……」

そんな私の隣で日向くんが言った。

「僕は逆に、小海さんの言うとおりなのかもしれないって、思いました」

「え？」

驚いて彼に顔を向けると、日向くんは前を向いたまま言う。

「ここにいたいひとは、好きなだけいさせてあげればいいなんて言ったけど、それは全部僕の自己満足のためなんです。こんな僕でも、幽霊たちからは必要とされている。それを感じたいから、ずっとこのままでいたかった。僕は自分のことしか考えてないんです」

「そんなこと……」

「本当は、みんないつまでもあそこにいたらいけないって、心のどこかでわかっていたんです。小海さんが言ったように、あのひとたちにはいくべき場所がある。そうでしょう?」

日向くんは、もの憂《う》げなまなざしで私を見る。雨が東屋《あずまや》の屋根を叩き、冷たい風が頬に当たった。

「じゃあ、ミウちゃんたちはどうすれば……」

かすかに震える私の声に、日向くんが答える。

「あの部屋から出ていってもらわなきゃいけない」

「でもそんなことできない。ミウちゃんは、いまでもママが迎えにきてくれることを信じてるんだもん」

「かわいそうだけど……本当のことを言うしかないです」

「そんなっ、だめだよ！　――っ！」

大きな声を上げたとき、頭に激痛が走った。いままで感じたことのない痛みに、私は頭を抱え込み、体を丸める。

「小海さん？　大丈夫ですか？」

大丈夫って言いたいのに、声が出せない。

ふと思い出したのは、咲良さんの苦しげな表情だった。

私、呪われちゃったのかな。幽霊に。

亡くなったひとの気持ちなんかわかるはずないのに、わかったつもりになって、手におえないようなことにまで、手を出して。

きっと怒っているんだ。幽霊たちが――

いつの間にか、両目からぽろぽろと涙がこぼれていた。なにもできない自分が情けない。

「今日はもう、帰った方がいい。僕、送りますから」

日向くんはやさしい。本当にやさしい。幽霊にも、私みたいな人間にも、やさしくしてくれる。

だけど私は……なにもかもが中途半端だ。

「いい……ひとりで帰れる」

「でも……」

「ほんとに大丈夫だから。ひとりになりたいの」

日向くんが伸ばした手を振り切って立ち上がると、傘を開き、背中を向けたままつぶやく。

「ありがとう、コロッケ。美味《おい》しかった」

日向くんがどんな顔で私を見ているのか、わからない。わからないし、それを知るのもこわい。

私は雨の中に踏み出し、急ぎ足でアパートまで帰った。


ふと気づくと、私は優麗荘の庭の中にいた。アパートに帰ったはずなのにどうして……と不思議に思っていると、突然目の前にミウちゃんが現れた。ああ、これはきっと夢なんだ。

キラキラした光の中を、ピンク色の傘を差したミウちゃんがくるくるとまわる。

空から降り注ぐのは、冷たい雨ではなく、あたたかい日差しのシャワー。

幸せそうな顔で笑っているミウちゃんを、私は遠くから見つめていた。

「ミウちゃん」

すると、ミウちゃんを呼ぶ声が聞こえてきた。それに気づいたミウちゃんは、声の主に駆け寄っていく。

「ママー！」

飛びついたミウちゃんを抱きしめる女のひとは――

「咲良さん……」

ミウちゃんを抱きしめる咲良さんは、同じく幸せそうに微笑んでいた。

窓から差し込む日差しが眩《まぶ》しい。見慣れた天井をぼんやりと眺《なが》めたあと、はっと我に返り、慌《あわ》てて時間を確認する。

「うそっ！　遅刻！」

私は布団を蹴飛ばし飛び起きた。

「あれ……」

なんだか体が軽いし、気分もいい。昨日はものすごく頭が痛くて、ここまでどうやって帰ってきたのかも、覚えていないくらいなのに、今朝はそれが嘘のように気分爽快だった。

「とりあえず店長に電話……」

服を着替えながら、店に電話をかける。しかし、出勤時間の九時を過ぎているにもかかわらず誰も出ない。

店長……またどこかでうろうろしてるのかな。

ふと放り投げたままのバッグに目を向けると、中にキャットフードの残りが入っているのが見えた。

きっとあの子たち、お腹を空《す》かせているはずだ。

猫たちのことが心配になり、私はキャットフードの入ったバッグを手に取って、ひとまず優麗荘へ向かうことにした。

雨上がりの道を走って、優麗荘に着くと、庭から小さな笑い声が聞こえてくる。

そっとのぞけば、庭にしゃがみ込んでくすくすと笑っている日向くんとミウちゃんの姿が見えた。

ふたりの前には猫たちが集まって、ご飯を食べている。あの茶トラも一緒だ。

「あ、小海さん。おはようございます」

私に気づいた日向くんが言うと、ピンク色の長靴を履《は》いているミウちゃんは恥ずかしそうに日向くんのうしろに隠れた。

「おはようございます。あの、そのキャットフード……」

「ああ、今日は小海さん休みかなと思って、バイト帰りにキャットフードを買ってきました。そしたらミウちゃんがあげたいって言うから」

日向くんがミウちゃんを見て、「ね？」とやさしく首を傾《かたむ》ける。ミウちゃんはもじもじしながら、小さくうなずいた。

「そうだったの。ありがとう」

日向くんにそう言ってから、私もしゃがみ込み、ミウちゃんに笑いかける。

「ミウちゃんも、ありがとうね。猫ちゃんたち、きっと喜んでるよ」

ミウちゃんが、少しだけはにかむ。

私はもう一度日向くんに視線を向けて頭を下げた。

「昨日は……ごめんなさい。日向くんがせっかく……」

「いや。それより、もう体調は大丈夫なんですか？」

「うん。なんだか今朝は嘘みたいに元気なの！」

そう言って私がガッツポーズをすると、日向くんは小さく笑った。

「だったらよかったです。でも小海さんは、もうここの住人に関わらない方がいいと思います」

日向くんの言葉に、私は手を下ろし、問いかける。

「どうして？　私がなんの役にも立たないから？」

「そうじゃなくて。小海さんだって昨日わかったでしょ？　幽霊と関わると、自分の命さえ削られることがあるんだって」

私はぎゅっと唇を噛みしめて、心に浮かんだ疑問を日向くんにぶつける。

「もしかして日向くんは……自分ひとりでミウちゃんたちの未練を断ち切ろうとしてる？」

じっと彼を見つめると、日向くんはそっと私から視線をそらした。

「そんなのだめだよ。自分の命が削られるのは、日向くんだって同じでしょ？　だったらふたりで……私はたいして役に立てないかもしれないけど……でも私にも見えちゃったから。だから、それがたとえ幽霊だとしても、ほっとくわけにはいかない。私は……ミウちゃんや咲良さんの笑顔が見たいの」

昨日は情けない自分に涙が出たけど——今朝の夢で、はっきりわかった。

私は、ミウちゃんと咲良さんのふたりに笑っていて欲しいのだ。

そのために、自分ができることをしたい。

カラリとガラス窓を開ける音がした。見ると１０２号室の窓辺に、咲良さんが立っていた。

「ミウちゃん」

咲良さんの声にミウちゃんが立ち上がる。そして咲良さんに駆け寄り、黄緑色のスカートにぎゅうっと抱きついた。

「もう、中に入りましょうね」

咲良さんが、やさしい手つきでミウちゃんの頭をなでる。ミウちゃんはこくんとうなずき、部屋の中へ入っていく。

顔を上げた咲良さんが私たちを見た。

明るい日差しの中、どことなく暗い目をした咲良さんは、すっと私から視線をそらし、音もなく部屋の中へ消えていく。

「咲良さん……」

つぶやいた私の隣で、日向くんが言った。

「僕だって同じです」

日向くんの声は少しだけかすれていた。

「僕だってあのふたりに……もうつらい思いはして欲しくない」

私は黙ってうなずいた。

だけど、どうすることがあのふたりの幸せなのか、いくら考えても答えは出なかった。


「はぁー……」

甘そうなチョコレートパフェの前で、私は今日何度目かのため息をつく。

「あんたかなり重症だわ。こんな美味《おい》しそうな食べものの前でまで、ため息つくなんて」

目の前の席に座る友人のかのちゃんが呆れたように言う。

学生時代からしっかり者のかのちゃんだったけど、久しぶりに会ったらカッコいいキャリアウーマンになっていた。いつまでも役立たずな私とは大違いだ。

「食べたくないなら、私がもらっておこうか？」

「やっ、だめ！」

かのちゃんがパフェに伸ばした手を、慌《あわ》てて振り払う。かのちゃんはおかしそうに、くすくす笑った。

「笑わないでくれる？　私いま、自分の能力以上の難問に取り組んでるんだから」

「小海が下手に首を突っ込むより、そういうのは能力のあるひとに任せておいた方がいいんじゃない？」

そりゃあ、日向くんに任せた方が上手くいくのかもしれないけれど……

そう思いかけて、私は「いやいやいや」と首をブンブンと横に振る。

「だめ！　私もなんとか力になりたいの！」

「なんなの、それ。仕事関係？」

かのちゃんがどうでもいいという態度で、チーズケーキを口に入れながら言った。

私は少し考えてから、テーブルに身を乗り出すようにしてかのちゃんに聞く。

「ねぇ、目の前に小さい女の子がいるとするじゃない？　わけあってその子は、離れ離れになってしまったママをずっと待ってるの。でも私は、ママはこないってわかってる。そんなときどうする？　女の子が傷つくことがわかっていても、本当のことを伝える？　それともいつまでも一緒に、ママがくるのを待ってあげる？」

かのちゃんは不思議そうに私を見たあと、チーズケーキをフォークで切りながら「うーん」とうなる。

「事情はよくわからないけど……私だったら、本当のことを伝えるかな。やっぱり」

かのちゃんはそう言うと、ケーキをひとくち口に入れた。

「きっとさ、最初はショックだと思うよ？　でも立ち直ることはできると思う。それをあんたがサポートしてあげればいいんじゃないかな？」

「……そっか」

神妙にうなずく私の前で、かのちゃんが首を傾《かし》げる。

「なに？　あんたのそばにそんな子がいるわけ？」

「うん。その子、幽霊なんだけどね」

「は？」

かのちゃんがぽかんと口を開けて、眉をひそめた。

「ほら、この前言ったじゃない？　私、幽霊見ちゃったって」

「ああ、そんなこと言ってたね」

「うちの会社が管理してるアパートね、他の部屋にも幽霊が住んでたの。幽霊だらけの、幽霊アパートだったんだよ！」

私がそう言い立てると、かのちゃんは呆れたとばかりに首をゆるく横に振る。

「小海、悪い。私、そういう話は全く信じられないんだ。『霊が見える』とか言うひとたまにいるけど、嘘くさいとしか思えない」

「かのちゃん！　信じてよ！　本当に幽霊が住んでるんだってば！」

「わかった、わかった。今度私にも紹介してよ。その幽霊たち」

かのちゃんがコーヒーを飲みながら、ははっと笑う。全然信じてない感じで。

私はなんだか悲しくなった。自分のことを信じてもらえなかったからだけじゃない。

日向くんのことまで軽くあしらわれたような、そんな気持ちになったからだ。

夕暮れの街でかのちゃんと別れた。このあとかのちゃんは、就職してから付き合い始めた、同じ会社に勤める彼氏と会うそうだ。

私は電車に乗って最寄駅で降り、優麗荘へ足を向けた。

最近、私が出勤しない日は日向くんが猫たちにご飯をあげてくれていたので、今日も日向くんに任せてある。けれど、私はなんとなく気になって、優麗荘へ立ち寄ることにしたのだ。

アパートに近づくにつれ、女の子の笑い声が聞こえてきた。ミウちゃんの声だ。垣根の陰からそっと庭をのぞき込むと、ミウちゃんは子猫を追いかけたり、呼びかけたりしながら、庭の中を走りまわっていた。

こうやって見ている限りでは、どこにでもいる普通の子どもと変わらない。だけどもう、ミウちゃんはこの世にいないのだ。

ゆっくりと視線を横に動かすと、そんなミウちゃんを見つめている咲良さんの姿が目に入った。咲良さんは目を細めて、ミウちゃんの動きを追っている。それはまるで、愛しい我が子を見守るやさしい母親のようだった。

ミウちゃんがぎこちない手つきで、子猫を抱き上げた。

「おばちゃん」

ミウちゃんの声に、咲良さんの表情がかすかに揺《ゆ》れ、切なげな目になる。

「見て！」

猫を抱き、自慢げに笑うミウちゃん。咲良さんはどこか悲しそうに頬をゆるめる。

ひゅうっと冷たい風が吹いた。ミウちゃんの黄色い向日葵《ひまわり》のワンピースと、短い黒髪が風に揺《ゆ》れる。

「ミウちゃん、そろそろ帰りましょう」

咲良さんがその名前を呼ぶ。

すると、なにかを見つけたミウちゃんが猫を地面に下ろし、庭の隅にしゃがみ込む。そしてたたたっと咲良さんに駆け寄り、小さな手を差し出した。

「これ、あげる」

「え、私に？」

ミウちゃんはこくんとうなずくと、手ににぎった可愛らしい黄色い花を、咲良さんに手渡す。

咲良さんは少し戸惑《とまど》うような表情をしたあと、目元に涙を光らせた。

「ありがとう……ミウちゃん」

咲良さんのか細い手が、ミウちゃんの小さな体を、遠慮がちに抱きしめた。ミウちゃんはその腕の中で、ふんわりと微笑む。

私はそんなミウちゃんの笑顔を見ながら思った。

もしかしてミウちゃんはもう、本当のママを待ってはいないんじゃないかって。

ふと、ひとの気配を感じて隣を見ると、そこには私と同じようにアパートの庭をのぞいている若い女のひとがいた。

誰だろう……

一見、身綺麗にしているけど、明るく染めた長い髪は頭頂部がかなり黒くなってパサついているし、キラキラとした指のネイルも、ところどころ剥《は》がれ落ちていた。

目は血走り、なにかを探しているのか、せわしなくキョロキョロと動いている。

「あの……」

恐る恐る声をかけてみると、弾かれたように女のひとが私を見た。

「あの、ここのアパートになにかご用でしょうか?」

　すると、そのひとは鋭い目つきですごむ。

「あんた誰？」

「あ、私は、ここを管理している不動産店の者ですが……」

　私がそう言うと、そのひとはふんっと顔をそむけて、もう一度庭を見つめる。

「べつに……ちょっと声が聞こえた気がしたから」

「声？」

「ミウの声が……聞こえた気がしただけ」

　私は驚いて庭に視線を戻す。しかし、そこにはもう、ミウちゃんと咲良さんの姿はない。

　女のひとがふらりと背中を向けて、歩き出した。

「あ、あのっ！」

　私は彼女のあとを追おうとしたが、唐突に腕をつかまれる。驚いて振り向くと、日向くんが立っていた。

「日向くん！　あのひと、ミウちゃんの声が聞こえたって……」

　あせる私の前から、女のひとの背中が遠ざかっていく。

日向くんは私の手を離してくれない。

「ねぇ、日向くんっ、もしかしてあのひと……」

「わかってます。あのひとは、ミウちゃんのお母さんです」

日向くんの低い声が聞こえたとき、もうそのひとの姿は見えなくなっていた。

ミウちゃんのお母さんがここにきた。ミウちゃんの声に気づいて。だけどきっと、その姿は見えていない。

「やっぱり親子だからかな……」

日向くんに作ってもらったホットミルクを飲みながら、彼の部屋でつぶやいた。

「見えなくても、その存在を感じているのかも」

私の声に、日向くんがため息をつく。

「そんなのん気なことを言ってる場合ですか？　あのひとがまたここにきたら、どうするつもりです？」

「え？」

「あのひとに、ミウちゃんがここにいることを教えますか？　ミウちゃんには？　お母さんがきたことを教えますか？」

　あのふたりは本当の親子。だけどあの母親は、ミウちゃんにひどいことをしていた。それでもミウちゃんはママに会いたくて……。

「うーん……」

　私は、ごちゃごちゃとまとまらない頭を抱えた。彼女たちにとって、どうすることが一番いいのだろう。

「僕は会わせたくないですね。あのお母さんのこと、僕は絶対許しません」

　日向くんがホットミルクに視線を落としたまま、いつもより強い口調で言った。

「私だって、許せないと思うけど……」

　でもミウちゃんは会いたがっている。

「それにミウちゃんがお母さんに会えたって、一緒に暮らせるわけじゃないんです。たとえあのひとが、どんなに反省していたとしても、ミウちゃんはもう戻ってこない」

「うん……」

　窓の外はすでに真っ暗だった。だけど私の脳裏には、キラキラした光の中で笑っている、ミウちゃんの顔が浮かんでいる。

「もうあのひとに会っても、話しかけないでくださいよ。あのひとにはミウちゃんの姿が見えてない。そのうちあきらめて帰るでしょ」

そう言うと、日向くんは話は終わったとばかりに立ち上がり、台所に向かった。

私はその背中をやり切れない想いで見つめる。

でも本当にそれでいいのかな……

考えれば考えるほどわからなくて、頭がずきずきと痛んだ。

翌日は、朝から細かい雨が降っていた。ひんやりとした雨は、やみそうでやまない。

私が傘を差して、いつものようにアパートへ向かうと、垣根の前に女のひとがぼんやりと立っていた。

――ミウちゃんのママだ。

私は傘の柄をぎゅっとにぎりしめ、日向くんの言葉を思い出す。

『もうあのひとに会っても、話しかけないでくださいよ』

溢《あふ》れそうになる気持ちをぐっとおさえ、無視して庭に入ろうとしたら、背中に声をかけられた。

「ねぇ」

どきっとして足をとめると、足音が私に近づいてくる。

「このアパートに……小さな女の子、住んでない？」

ゆっくりと振り返り、傘の中に立つミウちゃんのママの顔を見た。彼女はどこか虚《うつ》ろな目をしていて、私のことを見ているのか、降り続く雨を見ているのか、わからない。

「住んで……いません」

「そっか……」

ミウちゃんのママは、誰もいない濡《ぬ》れた庭を見つめ、ひとり言のようにつぶやいた。

「私があの子を産んだ日も……雨が降ってた」

傘を傾《かたむ》け、ミウちゃんのママの横顔を見る。彼女はかすかに口元をゆるめて、傘の陰から雨空を見上げた。

「はじめてあの子を抱いたときはね、愛しいと思ったし、この子を立派に育てようと心に誓った。あの家は片親だとか、若い母親だとか、自分が言われてきたことを娘に言われたくなかったから」

私は黙って、雨の中に消えてしまいそうな声を聞く。

「でも実際は、そんな綺麗ごとじゃすまなかった。子どもは全然寝ないし、泣きやまない。『うるせぇ、泣きやませろ』って、隣の住人に怒鳴《どな》られるのは私。仕事から帰って、疲れ切った体で作ったご飯は食べない、こぼす、泣きわめく。放っておけば今度は『ママ、ママ』ってまとわりついてくる。『親のしつけが悪い』『これだから若い母親は』って何度言われたことか」

ミウちゃんのママが自分の爪をぎりっと噛む。そして傘の中でこちらを振り返り、必死の形相で、私の腕をぐっとつかんだ。

「ねぇっ、そんなに私が悪いの？　私ちゃんとやってたんだよ？　自分の時間を、全部子どものために犠牲《ぎせい》にして。なのにどうして、母親ばっかり文句言われなきゃなんないの？」

「それでも……」

私はつかまれた手を、そっと離して答える。

「みんな頑張ってやってるんです」

ミウちゃんのママが、呆れたように笑い出す。

「あんた子ども産んだことないんでしょ？　だから言えるんだよ、そんなこと。母親になったからって、誰もが子どもを愛せるわけじゃない」

私はぎゅっと傘をにぎる。言い返したいのに、上手く言葉が出てこない。

「最後、私はもうあの子のこと……全然愛しいとは思えなかった」

ミウちゃんのママがぽつりとつぶやき、また爪を噛んだ。その手が、かすかに震えている。

「言いたいことはそれだけですか？」

突然声が聞こえて振り返ると、私たちのうしろに傘を差した日向くんが立っていた。

「そうやって、自分は悪くないって言い訳して、ミウちゃんに許してもらおうとここにきてるんですか？　甘いんですよ。ひとを殺しておいて」

日向くんの辛辣《しんらつ》な言葉を聞いて、ミウちゃんのママの顔に動揺の色が浮かぶ。

「どうしてそれを……。ち、違う！　私はそんなことしてない！　彼が勝手に……」

「また言い訳ですか？　もうたくさんだ」

日向くんが傘を閉じ、その先をミウちゃんのママに向ける。

「ちょっ、日向くん！」

私の声と同時に、傘の先がぴたっとママの胸の前でとまった。

「帰ってください。そして、二度とここにこないでください」

ミウちゃんのママが、なにか言いたげな目をして日向くんを睨《にら》みつける。

そのとき私は庭に立つ、小さな人影を見た。雨の降りしきる中、ピンク色の傘の陰から、ミウちゃんがじっとこちらを見つめている。

「ミウちゃん！」

私は咄嗟《とっさ》に、ママに向けられている日向くんの傘を手で払った。日向くんも庭を振り向き、はっと驚いた顔をする。

「ミウ？」

ミウちゃんのママがつぶやいた。

「ミウ？　いるの？　そこに……」

ママが持っていた傘を投げ捨てる。そして日向くんを押しのけ、垣根から庭をのぞき込む。

「ねぇ、ミウ！　そこにいるんでしょ？　ママだよ。ねぇ、返事して……ミウ！」

雨の中に立つミウちゃんの姿は、いまにも消えてしまいそうなほど儚《はかな》い。

「ミウ！　返事して！　お願い……」

涙声で叫んだミウちゃんのママが、うなだれてその場に崩れ落ちた。しかし、彼女の姿を黙って見つめていたミウちゃんは静かに背中を向け、部屋の中へ入っていく。

「ミウちゃん……」

私は、水たまりに膝《ひざ》をつき、泣き崩れているミウちゃんのママを見下ろす。

「私だって愛したかった、ミウのこと……でも愛せなかった……」

ミウちゃんのママの声が、雨音の中に溶けていく。

「ごめん……ミウ……」

雨に打たれて震える背中に、私は傘を差しかけた。

「私もあなたのことは許せない……でもいまのミウちゃんは、いつもここで笑ってます」

ママがゆっくりと顔を上げ、私を見る。

「あなたがいなくても、ミウちゃんはいま、幸せに暮らしてるんです」

雨の中、ミウちゃんのママがふらふらと立ち上がる。

「だからもう、ここへはこないでください。お願いします」

私はそう言って頭を下げた。目を真っ赤にしたママは、静かに背中を向ける。

力なく歩き始めたママの手に、日向くんが傘をにぎらせた。ちらりと彼の顔を見たあと、彼女はなにも言わずに雨の中を歩いていく。

私は日向くんの隣に立ち、その背中を見送った。

『私があの子を産んだ日も……雨が降ってた』

その言葉が、なぜか私の頭から離れない。

「日向くん……」

隣を見上げると、日向くんが雨に濡《ぬ》れて、ぼんやりと立っていた。私は自分の傘をそっと彼に差しかける。

「これでよかったのかな……」

ぽつりと雨の中につぶやいた。そんな私に日向くんが答える。

「それを決めるのは僕たちじゃない。ミウちゃんです」

「……そうだね」

その日、雨は一日中降り続き、部屋に入ったミウちゃんは出てこようとしなかった。

よく晴れて冷え込んだ朝、私は猫にキャットフードをあげながら、庭に響く笑い声を聞いていた。

ミウちゃんはクレヨンとスケッチブックを持ち、子猫に囲まれて、楽しそうに笑っている。そんなミウちゃんの隣に寄り添っているのは、日向くんだ。

こうやって眺《なが》めていると、ふたりは歳の離れた、仲のいい兄妹のように見える。

あの雨の日、ここへきた母親の姿を見てしまったミウちゃん。どうなることかと思ったけれど、ミウちゃんがママの話をすることはなく、また外へ出てくるようになった。最近は日向くんに買ってもらったクレヨンがお気に入りで、よく庭で猫の絵を描いて遊んでいる。

そしてミウちゃんのママは、あれから一度もここにきていない。

これでよかったのだろうか。何度も考えたけど、やっぱり答えは出なかった。

「おはようございます」

背中に声をかけられ振り向くと、そこには咲良さんが立っていた。

咲良さんは、私が何度も根気よく話しかけるうちに、こうして挨拶《あいさつ》をしてくれるようになったのだ。

「あ、おはようございます」

咲良さんはほんの少し口元をゆるめ、庭で笑っているミウちゃんに視線を移す。

「最近、よく笑うようになったと思いませんか？　あの子」

「ええ、そうですね」

「私と家の中にこもっていたときより、笑うんです」

私は隣に立つ、咲良さんの青白い横顔を眺《なが》める。

「いつまでもあの子を閉じ込めていたのは、あの子の母親じゃなく、私だったのかもしれません」

咲良さんはそうつぶやいて、苦しそうに私を見る。

「不動産屋さん。私の話を……聞いてもらえませんか？」

咲良さんのあとについて、私ははじめて１０２号室の中へ入った。

部屋の中はがらんとしていて、やっぱりなにも置いていない。閉め切った窓の向こうで、ミウちゃんのはしゃぐ声が聞こえる。

「私、子どもを産めなかったんです」

そんな部屋の中で、咲良さんが静かに話し始めた。

「癌《がん》で、子宮を全部摘出《てきしゅつ》しました。ちょうどそのころ、婚約していたひとがいたんですけど、彼のお母さんに言われました。息子には子どもを抱かせてあげたい。だから結婚はあきらめてくれ、と」

「そんな……ひどい。それで咲良さん、言うとおりにしたんですか？」

「ええ。そうしました」

咲良さんが悲しそうに目を伏せ、ふっと息をはく。

「でも、婚約していたひとはなんて……」

「彼はそれを知りません。お義母さんも彼に話していないようです。私はただ、『別れて欲しい』とだけ彼に言って、最後には喧嘩《けんか》別れみたいになってしまって……そのあとどうなったか知りません」

「そんな……」

咲良さんがそっとカーテンを開くと、日向くんと一緒に猫とじゃれ合っているミウちゃんの姿が見えた。

「結局私は、癌《がん》が転移して死んでしまったけど、彼やお義母さんのことを恨《うら》んだりしていません。あのまま結婚しても、結果的には彼と永遠に別れることになったわけだし。だからそんなことで、ここにとどまっているんじゃない」

咲良さんが外を見つめ、目を細める。

「子どもが……欲しかったんです。どうしても。だから私は、ちょうど出会ったミウちゃんを、自分の子どものように、ずっとそばに置いておきたいって思いました。ミウちゃんを閉じ込めて、自分のものにしたかったんです」

「咲良さん……」

「私……あの子の母親と、同じことしてたんですね」

咲良さんが振り返って私を見る。私はミウちゃんのママが言っていた言葉を思い出した。

『最後、私はもうあの子のこと……全然愛しいとは思えなかった』

子どもを産んでも、愛せなかったミウちゃんのママ。

子どもが欲しくても、授《さず》からなかった咲良さん。

ふたりのどうにもならない想いが、ミウちゃんを縛《しば》りつけていたの？

「最低です、私は。自分の叶わない望みのために、あの子の笑顔を奪《うば》っていた。あの子は二度、殺されたようなものです」

「そんなことない！」

私は咲良さんの手をつかむ。ひどく冷たい手だった。

「ミウちゃんは、咲良さんと一緒にいて、幸せそうでした。だから私はこのままずっと、ふたりが一緒にいられればいいって思ってました」

「――っ、いられるわけないじゃない！　あの子はまだ実の母親のことを想ってる。その証拠に、私をママと呼んでくれたことなんか一度もないのよ！」

「そんなことないってば！」

私がそう叫んだ瞬間、カラリとガラス窓が開く。

やわらかな朝の光の中、ミウちゃんが不安そうな顔でこちらを見ていた。

「もう……おうち入る」

咲良さんはミウちゃんから顔をそむける。

「おうち入る。もうお外には出ないから」

ミウちゃんは部屋に上がって、咲良さんのスカートをにぎりしめた。ミウちゃんの手から落ちた何色ものクレヨンが、ばらばらと畳《たたみ》の上にこぼれる。

「だから怒らないで。ミウ、お外に出ないから……」

「ちがうの」

ミウちゃんの声をさえぎるように、咲良さんが言う。

「お外に出てもいいのよ。ミウちゃんは自由なの。もう誰も、ミウちゃんを縛《しば》ったりしない。あなたのママも、私も」

ミウちゃんは泣き出しそうな顔で、さらに強く咲良さんのスカートをにぎる。だけど咲良さんは、その小さな手を、そっと離した。

「もうここでママを待つのはおしまい。ママはここにはこないの。いくら待っても、あなたを迎えになんかこない」

ミウちゃんがうつむいて、涙をこらえるように、ぎゅっと唇を噛む。咲良さんはそんなミウちゃんを見たあと、すっと視線をそらしてガラス窓に向かって歩き出す。

「咲良さん！」

私は咲良さんの背中に声をかけた。

「私は出ていきます。その方が、不動産屋さんにとって都合がいいんでしょう。いままで勝手に部屋に入り込んで、申し訳ありませんでした」

「そんなこと言ってない！　私は……」

咲良さんの足がとまる。

咲良さんのスカートを、ミウちゃんがぎゅっとつかんでいた。

私も言葉を切り、その小さな姿を見つめる。

「ミウもいく」

「……だめよ」

「ミウも一緒にいく」

咲良さんはミウちゃんの手を振り払う。

「ついてきちゃだめ！　あなたはもう自由なの！　どこにいってもいいの！　私なんかと一緒にいる必要はないの！」

けれどミウちゃんは、咲良さんのスカートをつかんで離さない。

「やだ！　ミウも一緒がいい！」

「離して！」

咲良さんの手がミウちゃんの体を突き飛ばした。

「ミウちゃん！」

私はミウちゃんに駆け寄る。一瞬青ざめた顔をした咲良さんが、それでもミウちゃんから顔をそむける。

「いやだぁ！」

ミウちゃんが叫んだ。

「いかないでぇ！　ママぁ！」

私の手をすり抜けて、ミウちゃんが駆け出す。真っ直ぐ咲良さんのもとへ。

そして振り返った咲良さんの黄緑色のスカートに、しっかりと抱きついた。

「なに言ってるの……私は、ママじゃないよ？」

ミウちゃんが泣きながら首を横に振る。

「私はママじゃないでしょ？」

震える声でささやく咲良さんのスカートに顔をうずめて、ミウちゃんはただ首を横に振り続ける。

「ママですよ」

そんな咲良さんに、声がかかった。

振り向くと、声の主は庭から上がってきた日向くんだった。

「咲良さんはママですよ。いまのミウちゃんにとって」

咲良さんはうつむき、消えそうな声で「ちがう」とつぶやく。

「ミウちゃんはとっくにわかってました。もう本当のママとは一緒に暮らせないこと。だけど悲しまないでいられたのは、咲良さんがずっとそばにいてくれたからでしょ？」

「私は……自分のためにしていただけで……」

「それでもミウちゃんは、自分を一番大事にしてくれるひとが咲良さんだってわかっていた。だからいまのミウちゃんにとって、咲良さんは、大切で、大好きなママなんです」

日向くんの言葉に反応するように、ミウちゃんがぎゅっと、咲良さんのスカートを抱きしめた。しかし、咲良さんは首を横に振る。

日向くんはそんなふたりに近づくと、持っていた一枚の画用紙を咲良さんに渡した。

「これでも……咲良さんは、ママじゃないですか？」

クレヨンで描かれたその絵を見て、咲良さんは驚いて目を見開き、きゅっと唇を噛みしめた。

「どうして……」

咲良さんがつぶやく。

「どうしてこんな私を……ママと思ってくれるの？」

咲良さんの手から画用紙が落ちる。彼女はしゃがみ込むと、その手でミウちゃんの体を強く抱きしめた。

「ごめんね。ミウちゃん……ごめんね」

ミウちゃんが、いままで我慢していたものを吐き出すように、大声で泣きじゃくる。

私は畳《たたみ》の上に落ちた絵を拾い上げた。

そこにはたくさんの猫と、ピンク色の傘と、黄緑色のスカートを穿《は》いた女のひとの絵が描いてあった。そして女のひとの隣には、覚えたてのような字で『まま』と書かれていた。


それからしばらくたった雨の日の朝。

ミウちゃんと咲良さんが、そろって私と日向くんの前に現れた。

「いままでお世話になりました」

咲良さんがそう言って、私たちの前で頭を下げる。ミウちゃんは、日向くんにもらったピンク色の長靴を履《は》き、ピンク色の傘を差している。

「ここを出ても私たち、ずっと一緒にいようねって約束しました」

咲良さんは隣に立つミウちゃんのことを、やさしく見つめる。

「さよなら、ミウちゃん」

日向くんがミウちゃんの前にしゃがみ込んで、頭をふんわりとなでた。

「さようなら」

ミウちゃんがにっこりと笑みを浮かべて答える。きっと、この別れの意味もわからないまま。

だけどいつかふたりに会える日が、必ずくる。

それまで私たちは、ふたりとの思い出を胸に、いまを大事に生きていこう。

音も立てずに降る雨の中、ふたりの姿が霧《きり》のように消えていく。

私は日向くんの隣に立ち、降り続く雨を黙って見つめた。

最後に見た咲良さんの手は、しっかりとミウちゃんの手とつながっていた。

１０２号室の窓を開け、私は庭を眺《なが》めながら窓辺に腰かける。雨はまだ静かに降っていた。

「逮捕されましたね」

日向くんが隣に座り、私にスマホの画面を見せた。

そこには逃亡生活を続けていたミウちゃんの実の母親と、一緒に暮らしていた男が逮捕されたというニュースが載《の》っていた。

私は黙ってそれを読むと、スマホを日向くんに返して、空を見る。

空は明るくなっていた。さらさらと降る雨に、金色の光が射す。

「ミウちゃんって、美しい雨って書くんだね」

ニュースの記事でその名前を知るなんて、悲し過ぎるけど。

私の声に日向くんがうなずいて、空を見上げる。

「美雨ちゃんかぁ……綺麗な名前ですね」

雨の上がった空に、美雨ちゃんがクレヨンで描いたような、鮮《あざ》やかな虹が架《か》かった。

第5章

　その日の朝、いつものように出勤すると、満腹店長が店の前で、大きく伸びをしながら欠伸《あくび》をしていた。それを見た私は小さくため息をつく。

　店長はあいかわらず、のんびりしている。このひとには、悩みというものがないのだろうか。

「満腹店長」

「ああ、小海ちゃん。おはようございます」

「おはようございます」

　店長はまん丸い顔で私を見て、にっこりと微笑む。

「あの……優麗荘のことなんですけど」

「はい？」

　すっかり幽霊の気配が感じられなくなったアパートの部屋を思い出し、胸がぎゅっと痛んだが、声を振り絞《しぼ》るようにして店長に伝えた。

「いま、三部屋が空《あ》き部屋になりました」

「ああ、幽霊さんたちが、お引越しされたんですね」

お引越し——そうか、あのひとたちはアパートから消えてしまったけど、いまは天国で暮らしているはずだ。

「小海ちゃんが、新しいお住まいをご案内したんでしょう？」

「え、私はなにも……」

「みなさんこの世の未練を断ち切って、きっと新しい生活に満足されていると思いますよ」

たしかに、そうなればいいなとは思っているけれど……

いやいやいや。みんなが満足しているとすれば、それは私の手柄じゃなくて、日向くんのおかげだ。

店長が「寒い寒い」と両手で腕をさすりながら、店に入っていく。私はそんな店長のあとを追いかけた。

「店長。空室になってしまったお部屋はどうしましょう。入居者を募集した方がいいですか？」

言いながら自分でも、おかしなことを口にしているな、と思った。「空室になってしまった」といっても、普通のひとからすれば、もともと空室だった部屋だ。いまだって、日向くんの住んでいる部屋以外は、すべて『空室』なんだから。

「うーん。でもまだ他のお部屋に、幽霊さん住んでるんですよね」

「はい」

１０１号室の友朗さんだ。

「だったらもう少し、このままで。どうせ募集しても、お客さんこないでしょうし」

店長はのん気に言うと、お店の隅にあるストーブに点火した。

いいのかなぁ、こんな調子で。

この不動産屋に入社してから三か月。路地裏にあるこのお店に、お客さんがきたことは一度もないし、私もまともな仕事をした気がしない。本当に猫のお世話だけでお給料がもらえるなんて、夢のようと言えば夢のようなんだけど。

狭い店内はすぐにあたたまって、店長は満足そうに温《ぬる》めのお茶をすすった。

マフラーを巻き、キャットフードを抱えて優麗荘へ向かうと、友朗さんが庭に出て、猫たちと戯《たわむ》れていた。

「おはようございます。寒いですね」

「ああ、お嬢さん。おはようございます」

友朗さんはこうやって時々、猫と触れ合っている。

「いま、ご飯あげますね」

「いつも悪いですねぇ」

「いえ、これが仕事ですから」

私は苦笑いしながら、手際《てぎわ》よくキャットフードを洗面器に入れ、猫たちの前に置く。毎日やっているから、もうすっかり慣れたもんだ。

猫たちがご飯を食べ始めると、友朗さんは愛しそうに目を細めて、その様子を眺《なが》めた。

お世話をしていた猫のことが心配で、成仏できない友朗さん。亡くなって三か月がたっても、まだこのアパートに住んでいる。

『心配なことがあるんです。猫だけじゃなくて、もうひとつ』

いつか友朗さんが言った言葉を思い出す。きっといまでも日向くんのことが気になって、成仏できないのかもしれない。

「お嬢さん」

友朗さんの隣にしゃがんで、猫たちの姿をぼうっと見ていたら、声をかけられた。

「実はお嬢さんに……頼みたいことがあるんです」

「あっ、はい！　なんでしょう？　なんでもおっしゃってください！」

ここに住む幽霊たちと仲良くなるうちに、なにか力になりたいという気持ちが強くなっている。それに、このアパートを管理している不動産店の社員としても、その責任はあるはず。

でも、これまで私は困ったり悩んだりしているばかりで、日向くんに頼りっぱなしだった。だから今度こそは、私が友朗さんの力になりたかった。

私が勢いよく声を上げると、友朗さんは穏やかに微笑む。

「この猫たちの、里親を探してもらいたいんです」

「え、里親って……」

私は呆然と、友朗さんの顔を見る。

「いつまでもお嬢さんに面倒を見てもらうわけにはいきませんし、猫はどなたかにお任せして、わしもそろそろここを出ないといけないと思っているんですよ」

「そんな……私は全く問題ないですよ？　猫たちもかわいいし。友朗さん、もう少しここにいてもいいんじゃないですか？」

「そういうわけにもいかんでしょう。わしらにはわしらの、住むべき場所があるんです」

そうだ、そのとおり。私も最初はそう思っていた、はずなのに――

このアパートに空室が増えるたび、寂《さび》しい気持ちでいっぱいになる。その上、この猫たちともお別れしないといけないなんて……

「だからね、猫たちの引っ越し先を見つけて欲しいんです。それがわしの頼みです」

そう言って穏やかに微笑む友朗さんを、私はただ黙って見つめる。

足元に擦《す》り寄ってきた茶トラが、私を見上げて「にゃあ」と低く鳴く。

「わかりました」

私は友朗さんの隣で胸をぽんっと叩いた。これでも一応、不動産店員だ。

「私が猫たちの新しいお住まいを探してみせます！」

友朗さんがにっこり笑う。私はそんな友朗さんにずいっと近づいて、内緒話をするように言う。

「でもこの話は、日向くんにしないでくださいね？」

「え、どうしてですか？」

友朗さんは目を瞬《しばた》かせて、不思議そうに首を傾《かし》げた。

「日向くんには頼らずに、私ひとりでやり遂《と》げたいんです」

「でもひとりより、ふたりの方が……」

「大丈夫です！　ぜひ私にお任せ……」

「おはようございます、小海さん」

そう言いかけた私の前に突如、日向くんが現れた。私は、驚いて地面にしりもちをつきそうになる。

「おっ、おはよう」

ああ、びっくりした。日向くんって気配消すの上手いよね。というか、存在自体が薄いのかも。

「友朗さん、おでん買ってきましたよ。卵、大根、がんもに白滝《しらたき》でしたよね？」

「おお、ありがとう、日向くん」

「それからこれも、寒くなってきたんで」

日向くんがコンビニのおでんと一緒に、あたたかそうなニット帽を差し出す。

「ほう、これはいい」

友朗さんが日向くんから受け取った帽子を頭にかぶった。

「とてもあったかいですよ。ありがとう、日向くん」

友朗さんの言葉を聞いて、日向くんがうれしそうに微笑んでいる。

夜勤して、幽霊の頼みごとを聞いて、幽霊たちの未練も解決して……日向くんは大変だ。だからこそ、今回は私がなんとかしてあげたい。私にも日向くんと同じものが『見える』んだから。

「小海さんには、これを。よかったらどうぞ」

日向くんから、コンビニの袋を差し出された。

「え、私に？」

「いつも世話になってるんで」

世話になっているのは、こっちの方だけど。日向くんは少し強引にそれを私に押しつけると、「じゃあ、僕は寝ます」と言って、部屋へ帰ってしまった。

私はそっと袋の中をのぞき込む。中には期間限定のコンビニスイーツが入っていた。やっぱり日向くんは、さりげなく女子のハートをつかむのが上手い。

「日向くんはね、いい子なんですよ」

私はコンビニの袋を持ったまま、ニット帽をかぶった友朗さんの声を聞く。

「実はわしが死んですぐのころ、家族がこの猫たちを保健所へ連れていこうとしたんです。わしが猫の面倒を見ているのを、快《こころよ》く思ってなかったんでしょうね。さっさと処分しようと考えたようです」

「そんな……こんなかわいい子たちを……」

「でも仕方ないですよね。わしがいなくなれば、この子たちの世話をする者はいなくなるわけですから」

友朗さんはそう言って、足元に擦《す》り寄ってきた黒猫を抱き上げる。

「それをとめてくれたのが、日向くんでした。この猫たちは自分が面倒を見ると言ってくれたんです。でもまだ子どもだと思って、誰も相手にしなかった。そこへとおりかかった満腹さんが、猫の世話は『満腹不動産』が責任を持ってやりますと言ってくれてね。なんとか家族は引き下がったんです」

友朗さんが、小さく息をついてつぶやく。

「日向くんはやさしい子なんですよ、ほんとに」

知ってる。そして日向くんも、友朗さんのことをやさしいひとだと言っていた。

「だけどあの子は、家族に信用してもらえないまま育ったでしょう？　自分なんか誰にも必要とされてないって、自暴自棄になっていてね。それがここで幽霊たちと出会い、みんなが日向くんを頼ってきたことで、はじめて自分が必要とされていると感じたんだと思うんです」

友朗さんの言葉に私はうなずく。

「でも所詮、相手は幽霊。まともに相手をしていたら、生気を吸い取られるし、悪い霊を呼び込んでしまうかもしれない。わしはこれ以上あの子に、危険なことをして欲しくないんです。もちろんお嬢さん、あなたにもです」

私はぎゅっと両手をにぎり、日向くんの言っていた言葉を思い出す。

『幽霊と関わると、自分の命さえ削られることがある』

私が思うよりずっと、彼らと一緒にいることは危険だったんだ。

神妙な面持ちをする私に友朗さんが言う。

「だってそうでしょう？　日向くんは生きているんです。これから先も、ずっと生きていくんです。幽霊だけじゃなく、生きているひとからも、自分は必要とされている。それを知って欲しいんです」

友朗さんの前で、私はうなずいた。

日向くんは生きている——

その言葉がずしりと重く、胸に響いた。


「これでよし！」

お店に戻ると、私はさっそく張り紙を作った。

『かわいい猫たちの里親さん募集中！』

パソコンがないから手書きで、コピーした猫の写真も貼りつけた。

こんなかわいい子猫たちだもの、きっとすぐに新しい家族が見つかるはず。母猫だってとてもお利口《りこう》な美人さんだ。こっちも誰かが引き取ってくれるだろう。

だけど猫たちの住まいが見つかったら、友朗さんともお別れをしなければならない。

「うー、寒い寒い」

店のガラス戸が開き、室内に冷たい風が吹き込む。それと同時に、マフラーをぐるぐる巻いて上着を着込んだ満腹店長が駆け込んできた。

「おかえりなさい。店長」

店長はあいかわらず、昼間は外をうろついている。最初はなにか大事な仕事をしているのだろうと思っていたけれど、最近はただのサボりじゃないかと推測していた。

「小海ちゃん、なにを作っているんですか？」

「里親募集の張り紙です。友朗さんに頼まれて……いいですよね？　店長」

一応店長にも聞いておく。以前、「猫の世話は『満腹不動産』が責任を持ってやります」と言ってくれたのは、店長なんだから。

店長は少し考えるような顔をしたあと、うんうんとうなずきながら答えた。

「そうですね。あの子たちも、いつまでも半野良生活をしているより、ちゃんと里親さんに引き取ってもらって、家猫として暮らす方が幸せかもですね」

「私も……猫たちと別れるのは寂《さび》しいですけど……やっぱりそれがいいと思います。いままで自由に生きてきた猫たちが、どう思うかはわかりませんが……でも新しい家族と新しいおうちで暮らすのも、悪くはないと思うんです」

　何度もうなずく店長を見ていた私は、とても大事なことに気がついた。

「あっ、でも私の仕事はどうなっちゃうんでしょう。猫のご飯をあげなくていいとなると……」

　もしかして私はクビですか？　ああ、そんなこと怖くて聞けないけど。

　店長はあせる私を見て笑う。

「そうですねぇ、たしかに小海ちゃんの仕事はなくなりますね」

「で、でもっ、なにか他の仕事、ありますよね？　私、なんでもやります！　やらせてください！」

「もうやってるじゃないですか」

　にこにこと笑う店長が、私の作った張り紙を指差す。

「猫ちゃんたちの新しいおうち探し、よろしくお願いしますね」

　これが私の仕事……で、いいのかなぁ、と悩むけど、それでも頼んでくれるひとがいる限り、全力でやるしかない。

「絶対、素敵なおうちを見つけてあげます！」

私が気合を込めると、店長はまたにこにこと微笑んだ。

街へ出て、張り紙を貼ったあとは、里親募集のサイトに登録した。スマホでぽちぽち入力したり、画像をアップしたりしているうちに、夕方のご飯タイムになる。

私はキャットフードを抱えて、アパートへ向かう。はじめてこの道を茶トラに案内されて歩いたときは、不安でいっぱいだった。だけどいまではもう、まるで自分の家に帰るような気分で、アパートへの道を歩いている。

白い息をはずませながら庭をのぞくと、日向くんがぽつんとひとりで、白い子猫の頭をなでていた。

「日向くん」

私が声をかけると、彼が顔を上げた。臆病《おくびょう》な白猫は、近くにいた母猫の陰にささっと隠れてしまう。

「こんにちは、小海さん」

「こんにちは。なにしてるの？」

小首を傾《かし》げながら、日向くんのそばへ近寄った。

「ああ、なんかこのアパートも空室ばっかになっちゃったなぁって思って」

日向くんは、そう言って優麗荘を見上げた。その表情はとても切なげで、私の胸がちくっと痛む。

やがて友朗さんまでいなくなるって知ったら……日向くんはどんな顔をするのだろう。

「小海さん」

「はい？」

「なにか僕に、隠してることないですか？」

「ええっ、そんなのないよ？」

日向くんが、あきらめたようにため息をつく。

「小海さんがこそこそとなにか企《たくら》んでるってことくらい、わかるんですよ？」

「やだなー、日向くん！　そんなことしてないって！」

そう言って私は、彼の背中をばしっと叩いた。

「いって……」

内心慌《あわ》てていたため、軽く叩いたつもりが思いのほか強くなってしまったようだ。

その証拠に、日向くんが痛そうに顔をしかめた。

「わっ、ごめんなさい！　大丈夫？」

「大丈夫ですけど……あんまり大声出すから、猫が怯《おび》えてますよ」

見ると母猫の陰で、白い子猫が震えている。この子は兄弟猫の中で一番臆病《おくびょう》で、母猫にべったりなのだ。

「あ、ごめんね。みんなもごめんね。ご飯にしようね」

私の声に、猫たちがにゃーにゃー言いながら集まってくる。キャットフードを抱えて立ち上がると、日向くんも一緒に立ち上がった。

「僕も手伝います」

「ありがとう」

友朗さんがいなくなったら、このアパートに日向くんはひとり。

私が日向くんにしてあげられることは、なにかないだろうか。


翌朝、猫の朝食タイムが終わると、お店に戻ってまた張り紙を作った。

今日は『入居者募集中！』の張り紙だ。

「今度はなにを作っているんですか？」

寒さに体をプルプルと震わせながら店に入ってきた店長が、興味深そうに私の机をのぞき込む。

「店長。優麗荘の入居者さんを募集しましょう！　空室だらけじゃ、やっぱり寂《さび》しいです」

「うーん……まぁ、たしかに寂《さび》しいですね。幽霊さんも猫ちゃんもいなくなったら、日向くんひとりになってしまいますし」

「私チラシ作りました！　これを他の不動産屋さんにもばらまいて、募集をかけてもらいましょう。あとネットにも載《の》せて……」

「小海ちゃん、なんだか張り切ってますね」

店長がお茶を淹《い》れて、私の前にそっと差し出した。

「ありがとうございます。やっと仕事してるって気がしてきました！」

里親探しも、入居者探しも、頑張ろう。友朗さんと、日向くんのために。

ぐっと拳をにぎりしめ気合を入れたそのとき、めずらしくお店の電話が鳴った。もしかして私がこの店にきてから、はじめてかもしれない。

私は慌《あわ》てて電話を取る。

「はいっ！　満腹不動産です！　え、あ、子猫の里親希望？　ありがとうございます！」

電話の相手は、私の作った張り紙を見てくれたひとだった。さっそく子猫に会ってみたいという。

「では『優麗荘』でお待ちしております」

電話を切った私はうれしくなって、声をはずませて店長に報告した。

「店長！　子猫の里親さんが決まりそうです！」

「そうですか！　ぜひ素敵なおうちを見つけてあげてください」

「はい！」

この調子でいけば、私だけで猫たちの新しいおうちを見つけられるかもしれない。

この仕事は絶対ひとりでやり遂げてみせるぞ、と改めて決心するのだった。

うれしいことに、人懐っこい子猫の里親は次々と決まっていった。

小さな子どものいる家族、猫好きなＯＬさん、若いカップル……希望者たちはそれぞれの想いを抱えて優麗荘の庭にやってくる。

「この子、私が小さいころに死んだ飼い猫に似てるんです」

やさしそうな女のひとは、そう言ってチビ三毛猫の一匹に頬ずりをする。

「張り紙の写真を見た瞬間、この子しかいないって思いました」

三毛猫三姉妹の中の一匹は、このお姉さんの家で暮らすことになった。

「芽衣《めい》はこの子がいい！」

黒猫を抱きしめたまま放さない芽衣ちゃんという女の子に、お父さんとお母さんがやさしく語りかける。

「子猫はね、これからどんどん大きくなって、十年以上も生きるんだよ。その間ずっと芽衣はお世話できるかな？」

「できる！　芽衣、ちゃんとお世話する！　仲良くする！」

芽衣ちゃんの腕の中で、黒猫がにゃあっと声を出す。私は芽衣ちゃんの前にしゃがみ込み、黒猫の頭をなでる。

「そうだね。この子も芽衣ちゃんと仲良くしたいって言ってるよ。この子が大きくなっても、ずっと仲良くしてくれる？」

「うん！」

無邪気な笑みを浮かべる芽衣ちゃんのおうちに、黒猫は引き取られていった。

そんな光景を、友朗さんはアパートの前に立ち、にこにこしながら見つめている。

もちろん、ここにきたひとたちに友朗さんの姿は見えないけれど。

三毛猫三姉妹の残り二匹と母親の三毛猫も無事に家族が決まり、気づけば残りは白い子猫一匹になった。友朗さんは白猫をやさしくなで、目を細める。

「この子は臆病《おくびょう》で人見知りですからね。なかなか行き先が見つからないかもしれません」

「大丈夫ですよ。この子の新しい住まいも、きっと私が見つけてみせます」

友朗さんはそっと白猫を抱き上げる。

「今日はこの子ひとりでかわいそうなので、わしの部屋で預かります」

「そうしてあげてください」

友朗さんは私に頭を下げると、白猫と一緒に部屋の中へ消えていった。

私は誰もいなくなった庭を眺《なが》めて、ふうっと息をはく。

満腹不動産に入ってはじめての大仕事を終えて、満ち足りた気分だ。

「そういうことだったんですね」

突然背後から聞こえた声に振り向くと、私が作った張り紙を持った日向くんが立っていた。

「あ、うん。そうなの。でも猫たちの里親さん、ほとんど決まったから。日向くんの手を借りなくても、私ひとりで大丈夫だったよ」

得意げに胸を張る私の前で、日向くんはわざとらしいため息をついた。

「なんでそんなに喜んでるんですか？　猫がいなくなったら、友朗さんもいなくなっちゃうんですよ？　それがそんなにうれしいですか？」

私は日向くんの言葉に反論する。

「うれしいなんて思ってないよ。でも、友朗さんが自分から猫たちを手放してここを出るって言ってるんだもの。私は友朗さんの力になりたかっただけ」

「そんなこと言ってるけど、小海さんは自分が満足したいだけなんじゃないですか？　いままでたいした仕事をしてなかったから、せめて最後くらいなにかひとりでやってみたいって……」

「ちょっと待って！　たしかにたいした仕事はしてないけど、フリーターの日向くんにそんなことは言われたくない」

「僕だってちゃんと働いてます」

「でもバイトでやっていけるのは、なにかあってもお金持ちの実家が助けてくれるからでしょ？　私なんか仕事がなくなったら、家賃も払えなくなっちゃうのに」

そこまで言って、はっと気づいた。

私、もしかしてひがんでる？　感じ悪いこと言ったかも。

すると、日向くんが黙って私のことを見下ろす。

「あ、あの……」

「もういいです。小海さんがやりたいようにやってください。このアパートは僕のものじゃないし」

日向くんが怒ったように背中を向けて、階段を上っていった。私はぼんやりと突っ立ったまま、その姿を見送る。

昨日まで聞こえていた猫の声が聞こえなくて、なんだかすごく寂《さび》しくなった。

「はぁー……」

お店の椅子に座って、ため息をつく。そんな私の様子を見た満腹店長が、笑いながら問いかけてきた。

「なにかあったんですか、小海ちゃん。さっきからため息をつき過ぎです」

「え、そんなにため息ついてます？」

「ついてます」

そして店長はお茶の入った湯呑みをコトンと、私の前に置いた。

「日向くんと喧嘩《けんか》でもしました？」

「なっ、なんでわかるんですか！」

「やっぱり」

私は慌《あわ》てて両手で口をふさいだけれど、さっきの言葉でバレバレだ。案の定、店長はにこにこと笑っている。

……バカだ、私は。

「まぁ、日向くんもだいぶ変わってますからね。なんせ幽霊に囲まれて平気な顔して暮らしてるような子ですから」

私は、あのアパートの庭にひとりでいた日向くんの姿を思い出す。

『なんかこのアパートも空室ばっかになっちゃったなぁって思って』

日向くんの寂《さび》しい気持ちもわかる。姫さんや一平さん、美雨ちゃんと一緒にいた日向くんは、とても楽しそうだったから。

だけど友朗さんはいつまでもこの世にとどまっていちゃいけない。本当はあのアパートで猫たちと一緒に暮らしていたかったとしても、幽霊である彼にはいくべき場所がある。

「あー……もう」

なにもかもがもどかしくて、頭を抱える。

そうは言っても、やっぱりさっきの私の態度は大人げなかった。

「そろそろ時間ですね」

店長の言葉に、はっと壁にかけられた時計に目を向けると、いつの間にか猫の夕食タイムが近づいていた。

「そうですね、最後の一匹になっちゃいましたけど。じゃあ、いってきます」

「寒いから、あたたかくしていってくださいね」

「はい」

私は立ち上がり、コートとマフラーを身につける。

「ああ、それから、早めに謝って仲直りした方がいいですよ。もし言い過ぎたと思ってるんだったら」

キャットフードを抱えて、店長を見た。すると、店長もなぜか上着を羽織《はお》って、出かける支度をしている。

「もしかしたら向こうも、そう思ってるかもしれないですから」

店長がそう言ってガラス戸を開けると、冷たい空気が一気に店の中へ流れ込んできた。

「あ……」

私は店の外を見て、立ち尽くす。

そこには白い息をはきながら立っている日向くんがいた。

「どうして……」

店の外へ出て、急いで日向くんに駆け寄る。彼は私を見ると、ほんの少し口元をゆるませた。

「もうすぐ猫にご飯あげる時間だと思って……迎えにきました」

迎えになんて、いままできたことないのに。

「それと……さっきはすみませんでした。たいした仕事してないとか、失礼なことを言ってしまって……反省しました」

そう言った日向くんが頭を下げるのを見て、私は慌《あわ》てて首を横に振る。

「そんなっ、私こそ感じ悪いことを言いました。ごめんなさい」

勢いよく頭を下げたら、彼の頭とぶつかった。

「いて」

「いたっ」

頭をおさえながら顔を上げると、同じように頭に手をあてる日向くんと目が合う。

私はなんだかおかしくなって、思わず噴き出す。

「えー、お取り込み中、申し訳ありませんが」

こほんとわざとらしく咳払いをした店長が、私たちの間に入ってきた。

「今日はもう店じまいとします。小海ちゃん、猫にご飯をあげたら、そのまま帰っていいですから」

「え、どうしてですか」

「寒いからです」

店長はそう言ってぶるるっと小さく震えると、マフラーをぐるぐる巻きにして「それでは、また」といってしまった。

残された私たちは顔を見合わせて、小さく笑い合う。

「寒いとお店、閉めちゃうんですね？」

「うん。満腹店長、超寒がりだから」

微笑を浮かべながら「いきましょうか」と言う日向くんに、私は顔をほころばせてうなずいた。

夕方の賑《にぎ》わう商店街を、日向くんと歩いた。『はるみや』のお惣菜《そうざい》の美味《おい》しそうな匂いにつられて、揚《あ》げたてコロッケを一個ずつ買い、ふたりでそれを食べる。

風は冷たかったけど、さっきまでのもやもやが嘘のように晴れ、ほっこりと心があたたかくなっている。

「僕、小学生のころ、祖父の家に預けられていたことがあったんです」

私の隣で、日向くんがぽつりと口を開く。

「親は、わけのわからないことばかり言う僕のことが煩《わずら》わしくなったんでしょうね。ちょうど兄の受験でピリピリしてたし。お前はしばらくじいちゃんの家にいってろって追い出されました」

その話を聞きつつ、私は小学生の日向くんの姿を想像する。

「だけど、祖父だけは信じてくれたんです、僕のこと。幽霊が見えるっていう僕の話を、ちゃんと最後まで聞いてくれて、絶対バカになんかしなかった」

日向くんの静かな声が私の耳に響く。

「……僕が四年生になったとき、死んじゃいましたけど」

日向くんはそこで一回息をつくと、また少し笑って言った。

「だから僕はちょっと、友朗さんのことを自分のおじいちゃんみたいに感じてて。他のひとたちがあのアパートからいなくなったときも、もちろん寂《さび》しかったけど、なんか友朗さんのことは特別で、別れたくないなぁって思っちゃうんです」

そうか。日向くんにとって、友朗さんは特別な存在だったんだ。

「でも僕は、祖父の幽霊を一度も見たことがないんです」

「あ、私も同じ」

日向くんの言葉に、私は思わず声を上げる。

「私の亡くなった父も……一度も幽霊になって現れてくれない。会いたいのに」

お父さんの幽霊なら、絶対に怖くない。

そう思った私の隣から、消えそうなくらいか細い声が聞こえた。

「僕も、会いたいです……おじいちゃんに」

商店街を抜け、駅の反対側にきた。こちら側は住宅街で灯りが少なく、静まり返っている。

少しの沈黙のあと、日向くんが口を開いた。

「でもきっと、これでいいんですよ。だって小海さん言ったでしょう？　亡くなったひとがこの世にい続けたら、あとから天国にくる大切なひととすれ違ってしまって、再会できなくなっちゃうって」

私は前を見たまま、日向くんの声に耳を傾《かたむ》ける。

「僕の祖父も、小海さんのお父さんも、天国で僕たちのことを待ってくれている。きっと、これでいいんです」

「うーん、でもちょっとくらい会いにきてくれてもいいのにね？　せっかく幽霊が

『見える』のに、会いたいひとには会えないなんて、おかしくない？　誰もが持ってるわけじゃない特殊な能力を授《さず》かっても、使いこなせてないっていうか」

そう言って不満げに口をとがらせると、日向くんが小さく噴き出した。その姿を見て、私はなんだかほっとする。

「ねぇ、日向くん……」

薄闇の中で呼びかけた。

「いまは、おじいちゃんだけじゃないからね」

日向くんが私を見る。

「日向くんの味方は、他にもいるよ？　友朗さんは幽霊になっちゃったけど、日向くんのことを気にかけてくれてるし、満腹店長だって、日向くんのことちゃんとわかってくれてる。それに私だって……」

——私だって、日向くんの味方だ。

「ありがとう。小海さん」

日向くんがつぶやいて、私の方に顔を向けた。

「あの、もしよかったら、最後の子の里親探し、僕にも手伝わせてもらえませんか？」

はっと日向くんを見ると、彼は力強い目をして私を見据えている。

「僕も最後に、友朗さんの力になりたいんです」

気づくと私たちは優麗荘の前まできていた。私は立ちどまり、日向くんに笑ってうなずいた。

「とってもかわいい猫ちゃんだと、写真を見て思ったんですけど……実物のお顔が見られないのはちょっと……」

「すみません。せっかく足を運んでくださったのに」

「いいのよ。またご縁があれば」

子猫の里親を希望して、優麗荘まできてくれた年配のご夫婦は、そう言ってにこやかに帰っていった。

前回猫たちを里親に渡してから数日。ありがたいことに、新たな里親希望の連絡はひっきりなしにくるのだけれど、肝心な子猫が怯《おび》えて、草むらの中から出てきてくれない。

そのため顔を見ることもできなくて、結局は里親を断られてしまう。

ちなみに入居者募集の方はさっぱりだ。

「決まりませんね。最後の子」

日向くんが私の隣で言う。

「うん……イケメンなんだけどな」

私の言葉に友朗さんがつけ加える。

「それに、一番賢《かしこ》い子です」

友朗さんは草むらの前にしゃがみ込み、おいでおいでをする。しばらくすると白猫が恐る恐る出てきて、友朗さんの手の匂いをくんくんと嗅《か》いだ。

「賢《かしこ》いから、警戒心が強い。それに繊細《せんさい》なんです。慣れるまでは時間がかかるけど、慣れてしまえばとても従順な子です」

友朗さんに抱き上げられた白猫は、安心したように喉《のど》をごろごろと鳴らす。友朗さんは、愛おしげに子猫の背中をなでた。

そんな幸せそうな白猫を見て、私はぱっとひらめく。

「そうだ！　お母さんと一緒に飼ってもらうのはどうでしょう？」

私が言うと、友朗さんと日向くんが一斉にこちらを見る。

「この子、いつもお母さんにべったりだったし。お母さんと一緒なら、安心して暮らせると思うんです」

「ああ、それいいかも。でももうお母さんの家族は決まったんですよね」

「私、そのご家族にお願いしてみる。この子も一緒に飼ってもらえないかって」

「僕も一緒にいきます」

私と日向くんは、力強くうなずく。そんな私たちを前に、友朗さんは子猫をやさしくなでながら、「ありがとう」と言って笑みを浮かべた。


翌日仕事が終わったあと、白猫をキャリーバッグの中に入れ、母猫を引き取ってくれた家へ日向くんと向かう。

その家族が住む家は、優麗荘から歩いて二十分ほどの場所にある、高層マンションの一室だった。

「え、もう一匹ですか？」

玄関のドアを開けた奥さんは、三毛猫を抱いていた。この家には、友朗さんの三毛猫を合わせて、全部で三匹の猫がいるのだという。

「ええ、猫は好きですよ。だからもう一匹欲しくて、この子を譲《ゆず》っていただいたんです。けれど、さらにもう一匹となると……」

そう言って奥さんは、難しい顔をする。

「でもこの子猫は、お母さんと一緒がいいと思うんです。ちょっと臆病《おくびょう》なもので……だけどすごく賢《かしこ》くて、いい子なんですよ」

私が力説しながらキャリーバッグを床に置くと、三匹の猫たちが近づいてきた。白猫はしっぽを丸めて小さくなっている。

「にゃー」

母猫がキャリーバッグに鼻を近づけて鳴いた。自分の子どもがわかるのだろう。

「僕からもお願いします。無理を言っているのは承知してます。でも、親子一緒がいいと思うんです」

奥さんは困ったように顔をしかめ、首を横に振る。

「……ごめんなさい。気持ちはわかるんだけど、やっぱりこれ以上飼うことはできないの」

キャリーバッグの中で、子猫がかすかに「みゃー」と鳴いた。

明るいマンションのエントランスを出て、暗くなった道をとぼとぼと歩く。子猫の入ったキャリーバッグが、やけに重たく感じる。

隣を歩く日向くんは、なにも言おうとしない。

「もしかして……人間のエゴだったのかな。新しい家で、猫たちを暮らさせるなんて。猫たちにとっては、あの庭で親子そろって自由気ままに生きている方が、幸せだったかもしれないのに」

冷たい空気の中に、白い息をはく。日向くんは依然として黙ったままだ。

『あんたは勢いだけで、突っ走っちゃうところがあるからさ』

以前、母から言われた言葉を思い出し、またため息がもれる。

「私ってやっぱりダメだなぁ。張り切っても空まわりするだけで、なにをやっても上手くいかない」

「……そんなことないですよ」

日向くんの声を聞いて、私は微笑む。

「日向くんはやさしいね」

「そんなことないです」

少しぶっきらぼうにそう言った日向くんに、ふふっと笑いかけて顔を上げる。

高い建物と建物の間。冷え切った夜空に、丸い月が浮かんでいた。

「満月かな……」

月を見つめてぽつりとつぶやく。

「いや、ちょっとだけ欠けてます」

隣に立った日向くんが、同じように月を眺《なが》めて言う。

「明日はきっと、満月です」

「うん。そうだね」

いまは欠けている私たちだけど、いつか満月になれたらいい。日向くんの隣で、なんとなくそう思った。


「おはようございます！」

翌朝、キンッと冷え込んだ空気の中、満腹不動産のガラス戸を開けると、ストーブの前で満腹店長が縮《ちぢ》こまっていた。

「……おはようございます、小海ちゃん。今朝も冷え込みましたねぇ」

「ええ。天気予報で、雪が降るかもって言ってました」

「えっ、雪ですか？　それは勘弁して欲しいです」

店長がぷるぷると体を震わせている。その姿が妙にかわいらしくて、私はぷっと小さく噴き出した。

「あたたかいお茶、淹《い》れますね」

私がそう言ったとき、店のガラス戸がカラカラと開く。

清々《すがすが》しい顔で店に入ってきたのは、日向くんだった。

「おはようございます」

「あ、おはよう、日向くん。どうしたの？」

「今日は大家さんに聞きたいことがありまして」

ストーブの前の店長が、丸まったまま首だけくるっと振り向く。

「僕が住んでいるあの部屋なんですけど、猫を飼っても大丈夫でしょうか？」

私は驚いて日向くんを見る。店長はゆっくりと体を動かし、日向くんに向き合った。

「大丈夫ですよ。あの物件はペット可です」

「よかった。じゃあ小海さん。あの白猫の里親に、僕がなります」

「えっ」

突然の申し出に目を点にする私と店長の前で、日向くんは満足そうに微笑む。

「ほ、ほんとにいいの？　日向くん」

「はい。なんでこんな簡単なことに気づかなかったんですかね。僕が責任を持って、あの子の面倒を見ます」

すると店長が、いつもとは別人のような敏速な動きで日向くんの前に飛び出し、その両手をぎゅっとにぎった。

「ありがとう！　日向くん！　ありがとう！」

店長が日向くんの手を、上下に振る。

「あれ？　もしかして店長……泣いてる？」

私が顔をのぞき込むと、店長はぐすっと鼻をすすった。

「実はずっと心配してたんです。あの子たちの里親がちゃんと見つかるかと……でも最後の子の行き先も決まって、ほんとによかった」

「店長……だからって、泣くことないのに」

そう言って、私は泣き出した店長の背中をそっとさする。両手をにぎられたままの日向くんは私の顔を見て、ちょっと困ったように笑った。

その日、仕事が終わると、優麗荘の庭へ向かった。まだそんなに遅い時間ではないはずなのに、あたりはすっかり真っ暗だ。

「ああ、お嬢さん。きてくれたんですね」

庭に立ち、穏やかに微笑んでいるのは友朗さんだ。日向くんにもらったニットの帽子をかぶり、腕の中には白い子猫を抱いている。

そしてその隣には、日向くんが立っていた。

「今夜でお別れです」

友朗さんはそう言って、私と日向くんの顔を見ると、小さな子猫をそっと日向くんの胸に抱かせた。

「日向くん、この子のことをよろしくお願いします。不器用な子だけど、きっと日向くんとなら仲良くなれることでしょう」

「……はい」

日向くんが胸にふわりと抱きしめると、「みゃあ」と小さく子猫が鳴いた。いつの間にか私の足元にやってきた茶トラも、一緒に「にゃあ」と低い声を出す。

「お嬢さん、日向くん、本当にありがとうございました。あなたたちと満腹さんがいてくれたから、あの猫たちをここで見送ることができました」

私は慌《あわ》てて首を振る。

「私なんてなにも……ご飯をあげていただけですから。それより日向くんのおかげ……」

「僕もなにもしていません」

日向くんがそう言ってそっと笑う。

「猫たちには、ただ幸せになって欲しいです」

日向くんの言葉を聞いて友朗さんが微笑む。

「日向くん、あなたもですよ」

友朗さんはやさしい目で、一言一言かみしめるように続ける。

「あなたも、幸せになってください」

日向くんは友朗さんの顔をじっと見つめたあと、静かに、深く頭を下げた。

友朗さんが目を細め、猫たちのいなくなった庭を眺《なが》める。私もその視線を追いかけ、陽だまりの中、母猫とお昼寝していた黒と白の子猫や、じゃれ合っていた三匹のチビ三毛たちの姿を思い出す。

青白い月明かりが、庭を照らしていた。ふと冷たいものが頬に当たって、顔を上げる。

まん丸い月が浮かぶ空から、白いものがはらはらと舞い落ちてきた。

「……雪？」

私の隣で、白猫を抱いた日向くんも顔を上げる。私の足元にいる茶トラが、寒そうに体を擦《す》り寄せてきた。

満月の夜空から降る、白い雪。その不思議な光景に、私たちは目を奪《うば》われた。

姫さんや一平さんのこと。美雨ちゃんや咲良さんのこと。それから大好きなお父さんのことや、日向くんを信じてくれたおじいさんのこと。もうここにいないひとびとへの想いが、涙と一緒に溢《あふ》れ出てくる。

「ありがとう」

友朗さんの声が聞こえた気がして、庭に視線を戻す。

けれどそこにはもう、友朗さんの姿はなかった。

「みゃあ……」

白い子猫が空を見上げ、哀《かな》しげにひと声鳴いた。日向くんはその猫の背中を、なだめるようになでる。

月の明かりが照らす中、輝く雪が降り続く夜空を、私は涙を拭《ぬぐ》って、もう一度見上げた。

友朗さんはいってしまった。このアパートから、出ていってしまった。

「友朗さん。新しいお住まいで、幸せに暮らしてください。そしていつかまた……お会いしましょう」

私は目を閉じ、静かに手を合わせた。

第6章

「うーん……」

あまりの寒さに布団を引っ張り上げてくるまり、ごろごろと転がる。すると、顔に硬《かた》いものがぶつかった。

「ん？」

うっすらと目を開けて、それを手に取る。私のスマホだ。

ぼーっとした頭で、なんとなくスマホの電源ボタンを押す。

「……。っあー！　寝過ごした！」

私は慌《あわ》てて布団を蹴飛ばした。スマホに表示された時刻は、遅刻ぎりぎりだ。

ベッドから飛び下りて、勢いよくカーテンを開ける。

「わぁっ……」

冷たいガラス窓の向こうに現れたのは、いつもとはまるで違う、真っ白に染まった町の風景。

友朗さんを見送った昨日の夜、いろんなことを考えていたら、なんとなく眠れなくて夜更《よふ》かししてしまった。そのせいで寝坊したなんて……ただの言い訳である。社会人失格だ。

服を着替え、ほとんどすっぴんのまま外へ飛び出す。こんな姿を姫さんに見られたら、「なにやってんの！　女の恥！」と怒られそうだ。

鍵をかけ、アパートの階段を下りる。「階段は絶対走って下りるな」と、一平さんに何度も言われていたから、ここだけは慎重に。

誰にも踏まれていない白い雪の上に、ぎゅっと足跡をつけ、転ばないように気をつけながら、私は満腹不動産へ向かった。


お店に着くと、服をいっぱい着込んだ満腹店長が、ストーブの前で猫みたいに丸まっていた。

「おはようございます！」

「ああ、小海ちゃん。おはようございます。寒いですね」

もう見慣れたその姿に苦笑いしながら、私はさっとキャットフードを抱える。

「猫たちが待ちくたびれていると思うので、ご飯あげてきますね」

「あっ、小海ちゃん！」

店長に引きとめられる。

「もう猫はいないんですよ」

その声で、はっと気づく。

そうだった。あのアパートの庭に猫はいない。友朗さんも、他の住人たちも、もういないんだ。

「あ、でもまだ、白猫ちゃんがいましたね」

店長が私に向かってにっこり微笑む。

「そのキャットフード、日向くんに渡してきてくれませんか？　白猫ちゃん用に」

「はい。いってきます」

私はキャットフードを抱え直して満面の笑みを浮かべると、あたたかいお店から冷え切った外へ飛び出した。


いつもとは違う白い景色の中に、ひっそりと優麗荘が建っていた。

立ちどまり、雪の積もった垣根の外から庭をのぞく。だけどそこに、猫たちのいる気配はもうない。

門を開け、白い雪を踏みしめ、庭に立った。冷たい風がひゅうっと吹き、木の上に積もった雪がぽさりと私の足元に落ちる。

「小海さん！」

そんな私の上から声が降ってきた。

「おはようございます」

ゆっくり顔を上げると、２０２号室のベランダから、子猫を抱いた彼がこちらを見下ろしている。

「おはよう！　日向くん」

そう答えて笑顔を向ける私に、日向くんも笑いかけてくれた。

「これ、満腹店長からです。白猫ちゃんに食べさせてあげて」

「ありがとうございます」

私は、日向くんの部屋の玄関にキャットフードを置いた。それから彼が抱いている子猫に挨拶《あいさつ》をする。

「おはよう。猫ちゃん」

そう言ってそっと頭をなでた私に、日向くんが言う。

「もしよかったら、お茶でも飲んでいきません？　フードを運んでくれたお礼に」

「え、でも一応いま、仕事中なんだよね」

日向くんがふふっと笑う。

「だけど満腹さんも、きっとどこかでサボってると思いますよ？　あのひと、自由気ままに生きてるから」

「たしかに。羨《うらや》ましいよね、あの生き方。お店の『店長』としてはどうかと思うけど」

日向くんと顔を見合わせて、笑い合う。

「じゃあ、ちょっとだけお邪魔します」

そう言って、私は日向くんの部屋に上がった。


「どうぞ」

「ありがとう」

日向くんが作ってくれたホットミルクを受け取って、ひとくち飲む。すると、いつものように体の中がほっこりとあたたまる。

日向くんの部屋は、前きたときから変わっていなかった。姫さんのクッションやメイク道具、一平さんの漫画本など、幽霊たちの私物が置かれたままだ。あのふたりがこの部屋でくつろいでいたのが、つい昨日のことのように思える。

「ああ、なんかそれ、捨てられなくて」

私の視線に気づいた日向くんが、少し照れくさそうに言う。

「僕、自分のものはあんまり持ってないんです。興味がないっていうか。よく考えたら食べることにも興味ないし、着るものにも興味がない」

そういえば日向くんは、大抵コンビニで買ったものばかり食べている。着ている服もいつも同じようなスタイルだ。

元からあまり若さが感じられなかった日向くんだけど、ここの住人たちがいなくなって、さらに生き方が雑になってしまったのかもしれない。

「ダメだよ、日向くん、そんなんじゃ。若さがなくて、おじいさんみたいだよ？」

私が顔をしかめると、日向くんは小さく笑いながらマグカップに口をつけた。建物の陰から顔を出した太陽が、部屋にやさしい光を届けてくれる。子猫は部屋の隅で体を縮《ちぢ》ませ、警戒するように目だけきょろきょろと動かす。

「日向くんには家族も増えたんだしさ。これからは日向くんが、この子を守ってあげなきゃ」

「……そうですね」

そっとつぶやいた日向くんが子猫に手を伸ばす。だけどそれより早く、子猫はさっとその場から逃げ出し、カーテンの陰に身を隠した。するとすぐに、部屋のドアを叩く音が響く。

「誰だろう……」

日向くんが立ち上がって、玄関に向かった。私は畳《たたみ》の上に座ったまま、その背中を目で追う。

ドアが音を立てて開かれ、日向くんが「あっ」と小さく声を出したのがわかった。

「日向」

ドアの向こうに立っているひとが、日向くんの名前を口にした。眼鏡をかけて、スーツを着た、ちょっと神経質そうな男のひと。はじめて見るひとのはずなんだけど、知っているひとの気もする。

日向くんはそのひとの前で、固まったように動かなくなる。

「迎えにきてやったぞ。いつまでこんなアパートに住んでいるつもりだ？　意地を張ってないで、さっさと帰るんだ」

そのひとは一方的にそう言うと、ずかずかと部屋の中に入ってきた。そして私の存在に気づいて、不思議そうな表情を浮かべる。

「あ、あのっ、私……」

私は慌《あわ》てて立ち上がり、ぺこりと頭を下げた。

「このアパートを管理している『満腹不動産』の一ノ瀬と申します」

そんな私に、男のひとは冷静に黒革のケースから名刺を差し出す。

名刺には、『小比類巻クリニック』という病院名と、『内科医師』という肩書が書かれていた。

「私は日向の兄の、小比類巻深月《みつき》です。日向を実家に連れ戻すために、ここへきました」

「え……」

日向くんの、お兄さん？　だからどことなく顔つきが似てるんだ。でも実家に連れ戻すって、どういうこと？

玄関に立ったままの日向くんに目を向けると、日向くんは、黙って顔をうつむかせていた。

「なぜ管理会社の方が、日向の部屋で牛乳を飲んでいるのかは知りませんが……」

深月さんは、冷ややかに私を見下ろしながら続ける。

「ちょうどよかったです。この部屋の解約手続きをお願いしたい」

「――っ、ちょっと待って！」

ずっと黙り込んでいた日向くんが、勢いよく私たちの間に入ってくる。

「家に戻るなんて誰も言ってない。勝手にそんなことするな」

深月さんは日向くんの顔をちらりと見ると、大きなため息をつく。

「まったく。お前はまだそんなことを言っているのか？　これだけ好き勝手やらせてもらって、もう十分だろ？」

日向くんが、眉根を寄せて黙った。

「戻ってこい。父さんも母さんも、お前のことを待ってる」

彼はやっぱりなにも言わない。

日向くんの様子に、私は以前、彼の言っていた言葉を思い出す。

『あの家は僕にとって、地獄だった』

そうまで言う家に帰りたいわけない。

「あの……」

勇気を出して声をかけると、深月さんが面倒くさそうに振り向いた。

「そんなふうに一方的におっしゃらず、日向くんの意見も聞いてみてもらえませんか?」

すると、深月さんはわざとらしいため息をつく。

「あなた、ただの不動産屋ですよね? 私たち家族の事情など、なにも知らないでしょう?」

「そ、それはそうですけど」

「だったら口を出さないでいただきたい。まぁ、お宅にとっては、こんなボロアパート、解約されたら困るんでしょうけどね。次の借り手を見つけるの、大変でしょうから」
ボ、ボロアパートですって? なんなの、このひとっ! 失礼な!
ムッとした私の前で声を出したのは、日向くんだった。

「兄さん。謝れよ」

深月さんが日向くんを一瞥《いちべつ》すると、日向くんは深月さんに鋭《するど》い目を向けて続ける。

「兄さんにとってはボロアパートでも、僕たちにとっては違うんだ。小海さんに、ちゃんと謝れよ」

「ああ、これは失礼。ボロアパートとは言い過ぎでした。年季の入った、とでも言えばよかったですね」

深月さんははっと鼻で笑う。そんな深月さんの体を、日向くんが突き飛ばす勢いで押した。

私はハラハラしながら、ふたりを見つめる。

「帰れ」

「日向……」

深月さんはすぐに体勢を整えると、低い声で諭《さと》すように言った。

「これは口止めされていたことなんだが……話さなきゃならないようだな」

カーテンの陰で、子猫が怯《おび》えた様子で小さく鳴く。

「父さんが、倒れたんだ」

日向くんが一瞬動きをとめて、深月さんを見る。

「え？」

「実は癌《がん》が見つかった。すでにかなり進行している」

「癌《がん》？」

日向くんの顔色が変わった。私の頭に、亡くなった父の姿が過《よ》ぎる。

「気づいたときは手遅れだったんだ。医者の不養生《ふようじょう》とはまさにこのことだな。俺も気づいてやれなくて、悔しいよ」

「父さん……死ぬの？」

「いまは自宅で療養《りょうよう》している。もってあと……二、三か月といったところか」

「二、三か月……」

「驚かせて悪かった。でもこれを話さないと、お前、帰ってきてくれないだろ？」

うつむいてしまった日向くんの肩を、深月さんがぽんっと叩く。

「父さんはもう怒ってない。母さんもお前を庇《かば》ってくれてる。お前が幽霊が見えるなんて嘘をついて、家族を引《ひ》っ掻《か》きまわしたこと、みんな許すと言ってるんだ」

「……嘘なんか、ついてないっ」

日向くんが声を押し殺して言った。そして真っ直ぐ深月さんを見据える。

「僕は嘘なんかついてない。どうして信じてくれないんだよ」

「信じられるわけないだろう？　お前、まだそんなこと言ってるのか？　子どもみたいに意地を張るのは、いい加減やめろ」

「ちょっと待ってください！」

深月さんのあまりの言葉に、私は耐《た》え切れなくなって口を挟んだ。

「また君か……」

深月さんが冷めた目で、呆れた様子で私を見下ろす。私は震える両手をにぎりしめ、深月さんを見上げる。

怖い……。でもこれ以上、日向くんが嘘つき呼ばわりされるのは、耐《た》えられない。

「日向くんは嘘なんかついていません。本当に幽霊が見えるんです。私にも見えます。実際このアパートにも、幽霊は住んでいました」

「はっ、このアパートに幽霊がいた？　君、なかなか面白いことを言うね」

あざけるように軽く笑った深月さんが、こちらに一歩近づく。私は反射的に、後ずさりをする。

「日向を庇《かば》ってるのか知らないが、君まで嘘をつくことはないだろう？」

じりっとまた深月さんが迫《せま》り、それに合わせて私は一歩足を引いた。

「嘘じゃありません！」

これ以上近づかないでよ。怖いじゃないの！

私を壁に追いつめた深月さんは、満足そうに笑って言う。

「君にひとつ昔話をしてやろう。うちの父は開業医をしていてね、長男の私に病院を継がせようと、両親は大きな期待を寄せていたんだ。十歳年下の日向は、きっと寂《さび》しかったんだろうね。両親に振り向いてもらおうと必死になって、幽霊が見えるなどと嘘をついた」

私は目の前に立つ深月さんを見上げて、きっぱりと言う。

「違います。日向くんは嘘なんかついていません。兄弟なのに、どうして信じてあげないんですか？」

「君、しつこいよ」

深月さんは私を睨《にら》んだかと思うと、手を伸ばし肩をつかんできた。そしてそのまま、私の体を壁に押しける。

「胡散臭《うさんくさ》い不動産屋のくせに」

耳元ですごむようにささやいた深月さんは、私や満腹店長やこの優麗荘のことを、完全に見下していた。

「バカにしないでくだ……」

腹が立って、怒鳴《どな》ってやろうとした瞬間、深月さんの手が私から離れる。

日向くんがその手を振り払ってくれたからだ。

「小海さんに触るな」

押し殺すような日向くんの声。深月さんを睨《にら》みつける表情は、いつもの穏やかな日向くんからは、想像できないくらい険《けわ》しい。

「……なんだ、これじゃあ、俺が悪者じゃないか」

日向くんを見つめていた深月さんが、ふっと口元をゆるませる。

「どうやらこのままでは、話が進まないようだね。不動産屋さん……ああ、小海さんだったかな。今度日向と一緒に我が家にお越しください」

「は？」

深月さんの唐突な申し出の意図がわからず、私は思わず間の抜けた声を出してしまう。

「うちの両親の前で、その幽霊の話を詳しくしてもらおうじゃないか。両親もきっと、興味深く伺《うかが》うことでしょう」

「バ、バカにしてるんですか？　私と日向くんのこと」

「医師として興味があるだけです。場合によっては精神科をご紹介させていただきますよ」

「なに言ってるのよ！　私は病気じゃない！」

「小海さん」

叫ぶ私を日向くんがとめる。

「また連絡する」

そう言って深月さんは、日向くんの肩を軽く叩いて部屋を出ていった。

ドアが閉まる音を聞いた途端、私はへなへなとその場に座り込む。

「小海さん。大丈夫ですか？」

日向くんが駆け寄り、私の前に座った。

「大丈夫だよ。でも悔しい。あのひと全然わかってくれないんだもん」

「本当にすみませんでした。小海さんをこんなことに巻き込んでしまって」

「日向くんが謝ることないよ。けど日向くんも大変だね」

そう言って笑ってみせるが、日向くんはまた表情を曇《くも》らせる。

無理もない。

だけどこのまま、日向くんが家族とわかり合えないのは悲し過ぎるし、お父さんの病気もやっぱり心配だ。

日向くんはじっとうつむいて、なにかを考え込んでから、ぽつりと言った。

「僕、一度、実家に帰ろうかと思います」

「え」

「ここにいても、また兄はやってきます。だったら一度家に帰って、両親とちゃんと話をしたい」

「……日向くん」

「いつまでもこのままじゃいけないってことも、わかってますから」

私は友朗さんが言っていた言葉を思い出す。

『わかってますよね？　あなたもこのままではいけないってこと』

友朗さんはそう言って、日向くんのことを心配していた。

「家族といるのが息苦しくて、親に反発して家を出た。でも心のどこかでは、いざとなったら実家に頼ればいいって思ってたんです。甘いですよね、こんなやつ」

日向くんはそう口にして自嘲《じちょう》するように笑う。

「ここは居心地がよくて、幽霊のみんなと暮らすの、本当に楽しかった。でも僕は、人間と関わるのが面倒で逃げているだけなんです」

「日向くん……」

「このままじゃダメですよね。わかってるんです。だから一度家に帰って、ちゃんと話してきます。もう逃げるのは……やめにします」

なんて言ったらいいのかわからない。日向くんがじっと私を見つめて続けた。

「小海さん」

「はい」

「もう一度ここに戻ってきたら、僕、小海さんみたいに、ちゃんと就職して働きます。実家には二度と頼りません」

私は黙って日向くんの顔を見つめ返す。

「だから小海さんは、ここで僕のこと、待っていてください」

日向くんはそう言って、私に小さく笑いかけた。

よく晴れた寒い朝、私はアパートを出ていく日向くんを見送った。彼は手に子猫の入ったキャリーバッグを持っている。

「本当に大丈夫？　日向くん」

「大丈夫です」

振り返った日向くんが、私の顔を見て呆れたように笑う。

「二、三日、実家に帰るだけですよ？　永遠の別れじゃあるまいし」

そう言われて苦笑いしたけど、やっぱり心配だった。あのお兄さんの様子では、日向くんがどんなに本当のことを話しても、誰も信じてくれそうにない。また日向くんが、自暴自棄にならないといいけど。

「小海さん、心配しないでください」

私に向かって日向くんが言う。

「ちゃんと僕は、優麗荘に戻ってきますから」

そうして、日向くんは私に「いってきます」と笑った。

「遅い」

お店のカレンダーを眺《なが》めて、つぶやく。

今年がもう終わろうとしているのに、日向くんはまだ優麗荘に戻ってこない。

「二、三日で戻るって言ったのに」

「お父さんの病状がよくないんですかねぇ」

店長がお茶をすすりながら言う。

そのとき私のスマホが音を立てる。一瞬、日向くんかもと期待したけど、田舎《いなか》の母からだ。

『小海、あんたいつこっちに帰ってくるの？』

店長に許可をもらって電話に出ると、母の高い声が耳に響いた。

『仕事、忙しいの？　お正月には帰ってこられるんでしょう？』

「え、ああ、うん」

母にはまだ転職したことを伝えていない。満腹不動産のことや、優麗荘のことを話したら、余計に心配をかけそうな気がして、なんとなく連絡を避《さ》けていたのだ。

『あんた最近音沙汰《おとさた》なかったけど、大丈夫なの？』

いぶかしげな声音で母がたずねてくる。

「大丈夫だよ。お正月までには帰る」

『待ってるからね。また連絡ちょうだい』

「うん。わかった」

ふうっとため息をついて、スマホをしまうと、ガラス戸の向こうに人影が見えた。

「日向くん？」

私は急いでガラス戸を開く。

しかしそこに立っていたのは、日向くんのお兄さん、深月さんだった。

「賃借人である父の代わりに、弟の部屋の解約手続きをさせていただきにきました」

「え……」

深月さんは「失礼」と言って私を押しのけると、店の椅子に座った。店長が慌《あわ》てた様子で立ち上がる。

「日向くんの、お兄さんでいらっしゃいますか？」

「そうです。長い間、あの子が大変お世話になりました」

「ちょ、ちょっと待ってください」

私はカウンターの中に入り、深月さんの席の前に立つ。

「日向くんは納得したんですか？　あの部屋を解約すること」

「ええ。あの子はこのまま、実家で暮らすことになりました」

「そんな……」

「すみません、あまり時間がないので、手続きをお願いしてよろしいですか？」

困った顔つきの店長が「賃借人本人でないと解約はできません」と言うと、深月さんは、代理人であることを証明する書類を店長に渡した。それを確認した店長は、戸《と》惑《まど》いながら一枚の用紙を差し出す。

だけど私は納得できなかった。

日向くんは戻ってくるって言った。それなのにこのまま実家で暮らすなんて……絶対おかしい。

「なにかあったんですか？」

私が問いかけると、書類に書き込もうとしていた深月さんが手をとめる。

「なにか実家であったんですか？　日向くんが戻ってこられない出来事でも……」

「父が、亡くなりました」

深月さんが、私の顔を見ないままつぶやく。

「え……」

「私も、もうしばらくは頑張ってくれると思っていたのですが、日向が戻った日に容態が急変しましてね。おそらく長期間の心労もたたったんでしょう。翌日、亡くなりました」

「それじゃあ日向くんは、お父様の最期に立ち会えたんですね」

店長がしんみりとした様子で口を開く。

「はい。ただあの子もショックだったみたいで。いろいろありましたが、自分が悪かったと反省したようです。部屋の荷物は、後日こちらで処分します。退去時に必要な費用などありましたら、私にご連絡ください」

深月さんが名刺を差し出すと、店長は戸惑《とまど》いながら、それを受け取った。

「あのっ！」

私は耐《た》え切れずに声を上げる。

「自分が悪かったって……日向くんがそう言ったんですか？　日向くんはなにも悪い

ことなんかしてないのに……」

するると、深月さんが私の顔を見て、小さくため息をつく。

「父に心配をかけて、父の寿命を縮《ちぢ》めたのは日向です。反発し合っても、父はいつだって日向に戻ってきて欲しいと願っていた。こんなことになってやっと、日向も父の気持ちを理解したんじゃないですかね」

「でもっ、やっぱりおかしいと思います」

納得できず食い下がると、深月さんがふっと冷たく笑った。

「小海さん、でしたっけ？　あなた不動産屋でしょう？　これ以上、入居者のプライベートに首を突っ込まないでいただきたい」

私はぐっと言葉に詰まる。

「くれぐれも日向には連絡しないでくださいね。あなたにまたおかしなことを吹き込まれて、日向の気が変わると困りますから」

「おかしなことってなんですか！　私、日向くんにそんなこと言ってません！」

「小海ちゃん……」

店長が「まあまあ」と言って、私をなだめる。

「それでは。弟が大変お世話になりました」

書類を書き終えた深月さんが立ち上がる。そして私の顔を見て一笑したあと、店を出ていった。

「こんなの絶対おかしいです！」

「まあまあ、落ち着いてください。小海ちゃん」

「だって、店長。日向くん、戻ってくるって言ったんですよ？　それなのにどうして……」

ちゃんと優麗荘に戻ってくるって、たしかに私と約束した。

「絶対おかしいです！　日向くんにおかしなこと吹き込んでいるのは、あのお兄さんだと思います！」

「まあまあ。もしかしてお父さんが亡くなって、気を落としちゃったのかもしれないですし。落ち着いて冷静になれば、ちゃんと小海ちゃんに連絡をくれると思いますよ？」

「でも……」

「もう少し、待ってあげましょう。日向くんを信じて」

店長がそう言って、まん丸い顔で私に笑いかける。

店長が言うなら……そうなのかもしれないと思えてきた。

「とりあえず、お茶でも飲んで、落ち着きましょう。ちょっと待っててくださいね。

いま、熱いお茶を淹《い》れますから」

「ありがとうございます」

いつもとぼけている店長だけど、私がピンチのときはこうやって寄り添ってくれる。

私はこの店で働けてよかったと、心から思った。


「あー、やっぱり実家はいいなぁ」

それからしばらくたったある日、私は年末年始の休みを利用して、実家に帰省した。

夕食を食べ終わったあと、お行儀悪く畳《たたみ》に仰向けになる。

「まったくあんたは……ここは上《あ》げ膳《ぜん》据《す》え膳《ぜん》だからでしょ？　アパートではちゃんと
自炊してるの？　忙しくてもご飯は食べなくちゃダメよ」

「わかってます」

口をとがらせながら、近寄ってきた三毛猫のウミをつかまえて抱っこした。ウミは、私が小さいころからずっと一緒に過ごしてきた、大切な存在だ。

そんなウミをもふもふとなでつつ、懐かしい天井を眺《なが》める。

ああ、ウミのもふもふ、サイコー。癒《いや》される。

母はぶつぶつ言いつつも、「今日は特別」と言って、さっきスーパーで買った缶ビールを開ける。

「ねぇ、お母さん。お父さんの話、して？」

私は仰向けになったまま、小さくねだった。

「ふふっ、また？」

母はビールを口にして、笑っている。

「いいじゃない。何度だって聞きたいんだもん」

私には父の記憶が、ほとんどないのだから。

「そうねぇ。お父さんは海が好きだった。特にあの近所の、小さくてかわいい入り江がね。それで生まれた娘に『小海』って名前をつけたんだよ」

私はなんだか幸せな気持ちになって、ウミを抱いたまま目を閉じ、つぶやく。

「……波の音が、聞こえる」

「聞こえるわけないでしょ。雨戸閉まってるんだから」

母がくすくすと笑うと、ウミが「にゃあ」と小さく鳴いて、私の腕からするりと逃げる。

私はくるっとひっくり返り、うつぶせの体勢で母を見上げた。

「ねぇ、お母さん。その入り江にいってみない？　久しぶりにさ」

「まさかいまから？　寒いよ」

「いいじゃない。いこう」

私は飛び起きて、上着を羽織《はお》る。

「真っ暗だし、なんにも見えないよ？」

「それでもいいから。いこっ！」

私はそう言って母を引っ張り、無理やり外へ連れ出した。

家を出て、昔から変わらない細い路地を抜けると、海沿いの道に出る。

薄い街灯の灯りの他はなにもなくて、真っ黒な海が広がっていた。

「ほらぁ、なにも見えないって」

早足で歩く私のあとを、母が文句を言ってついてくる。

でも、どうしてもいってみたくなったのだ。父の好きだった、あの場所に。

堤防に沿って少し歩くと、小さな入り江が見えてきた。

「お母さん、早く！」

「走ったら危ないよ。暗いんだから」

子どもみたいに注意されつつ、入り江を見渡せる場所に立つ。

すると雲の切れ間から月が顔を出し、青白い月明かりがあたりをぼんやりと照らした。

「あら、素敵」

空に浮かぶ月が、海面にゆらゆらと揺《ゆ》られながら浮かんでいる。

私はその景色をぼんやりと見て、友朗さんとお別れした夜を思い出す。

友朗さんは、たしかにあの場所にいた。私と日向くんの前にいた。私たちに「ありがとう」と言ってくれた。嘘でも幻想でもないんだ。

気づくとなぜか涙が溢《あふ》れていて、母に気づかれないよう、コートの袖《そで》でごしごしとこする。そしてできるだけ明るい声で言う。

「お母さん、私ね。転職したんだ」

「え？　どういうこと？」

「前の会社、半年くらい前につぶれちゃって……いまは別の不動産屋さんで働いてるの」

母はしばらく黙ったあと、私の背中をぽんっと叩いた。

「なんでいままで黙ってたの？　そんな大事なこと」

「だってお母さん、私があの会社に就職決まって、喜んでたでしょ？　それなのにすぐに仕事なくなっちゃって、きっとがっかりするなって思って」

「やぁねぇ、この子は」

母がまた背中を叩く。

「たしかにがっかりだけど、それは小海のせいじゃないでしょ？　運が悪かったと思って、また新しい仕事始めるしかないよ。でも、もう別のところで働いてるんだね？」

「うん。ただそれが……ちょっと変わったお店で……」

「はぁ？」

「あ、でもね、私そこで働けてよかったって思ってる。店長さんはいいひとだし、管理してるアパートに住んでいたひとも、みんないいひとばかりだったし。とっても楽しかったの。できればまた会いたいけど」

でも、あのやさしくてあたたかい住人たちに、私はこの世でもう会えない。

「まぁ、あんたがやりたい仕事なら、私は見守るだけだけど」

母はふうっとため息をついたあと、空に浮かぶ月に向かって叫ぶ。

「お父さん！　どうかこの、危なっかしい娘のことを、空から見守っていてくださいね！」

私は、天国にいる父に叫ぶ母の隣で、夜空を見上げる。穏やかな月の明かりが降りそそぎ、やさしかったという父のぬくもりに包まれているような気持ちになる。心地よい、家族のぬくもりだ。

日向くんは、こんな気持ちになったことがあるのだろうか。あたたかい家族のぬくもりを、感じたことがあるのだろうか。

入り江からの帰り道、子どものころみたいに母と手をつないで、その手をぶらぶらと揺《ゆ》らしながら歩いた。

「ねぇ、お母さん」

「ん？」

「お母さんは、お父さんに会いたいと思ってる？」

母は私の隣でふふっと笑う。

「そりゃあ、会えるものなら会いたいよ。お父さんのことは、いまでも愛してるから」

「やだぁ、お母さん、酔ってる？」

母がまた笑って、空を見上げる。そして息をはくように、小さくつぶやく。

「会いたいなぁ……お父さんに」

その声が胸に沁《し》み込む。

だけどもう、母の願いは叶わない。母や私がどんなに願っても、この世で父に会うことはできないのだ。それでも母はずっと、父のことを大切に想っている。

「ビール、もう一缶いっちゃう？」

私はいたずらっぽくそう言って、母の顔をのぞき込んだ。母は暗闇の中で私を見て、もう一度笑う。

「まったくあんたは。母を酔わせてどうするつもり？」

「お父さんと出会ったころの話、聞かせてよ」

「あんたには絶対話しません」

母が私の手を振りほどいて、すたすたと歩いていく。

「待ってよー、お母さん！」

私はふざけながら、母のあとを追いかける。

その夜は久しぶりに、母と布団を並べて寝た。実はあんまりお酒が強くない母は、ビールをもう一缶飲んで、すぐに眠ってしまった。

私はそっと布団を出て、カーテンを開く。窓の外に浮かぶのは、青白い月。

その月を見上げながら、私は日向くんのことを考えた。

父に会うことはできないけれど、日向くんに会うことはできる。

だって日向くんは生きているんだ。生きているならまた会える。このまま「さよなら」なんて、絶対嫌だ。

いま、遠い町にいる日向くんも、同じ月を見ていたら……そして私や、あのアパートのことを、少しでも思い出してくれたならいいのに、と思った。


正月休みも終わり、しばらくたった朝、私は優麗荘へ向かって歩いていた。今日は空《あ》いている部屋のお掃除《そうじ》を、満腹店長に頼まれたのだ。日向くんと別れて、もうすぐ一か月がたとうとしていた。

あのお兄さんには「連絡するな」と言われたけれど、ひと言だけでも日向くんの声が聞きたくて、何度か電話をかけてみた。でも日向くんは出なくて、折り返しもかかってこない。コンビニのバイトも辞めてしまっていた。

もしかして、私とはもう会いたくないのかな……

そんなことを考えかけて、すぐにそれを振り払う。

アパートに着くと、ロゴ入りの赤いキャップをかぶった業者さんが、二階の部屋から段ボール箱を抱えて出てきた。

２０２号室、日向くんの部屋からだ。

「あのっ、なにをしているんですか？」

慌《あわ》てて近づいて声をかけると、業者のひとは不思議そうに私を見た。

「あ、私は、このアパートを管理している満腹不動産の者です」

「ああ、不動産屋さんですか」

そのひとは、合点《がてん》がいったという表情で、段ボール箱を抱えたまま答える。

「この部屋を片づけるように頼まれたんですよ。家具や家電以外は、全部処分するようにって」

「え、ちょっと待ってください！」

箱の中をのぞかせてもらうと、中には姫さんのメイク道具や、一平さんの漫画本などが入っていた。

「洋服もいっぱいありましたよ。ずいぶん大きめの、女物の」

外に出されていた段ボール箱の中から、業者のひとが中身を取り出してみせる。それは全部姫さんの服だ。

「もったいないけど、捨てるように言われてるんで」

「ま、待ってください！」

私は取り出された服を、また箱の中に押し込み、ふたを閉じた。

「これ全部、弊社《へいしゃ》があずからせていただきます！」

「え、でも……」

「捨てるんですよね？　だったら、うちでいただいてもかまいませんよね？」

「まぁ、それは……」

「ありがとうございます！」

困ったように頭をかいている業者さんに、私はぺこりと頭を下げた。

片づけ業者のトラックが去り、静まり返った202号室の中で、私は段ボール箱に囲まれていた。

そばにあった箱のひとつを開けて、姫さんと一平さんの荷物を取り出す。

他の箱の中には、日向くんが美雨ちゃんにあげたクレヨンや画用紙も入っていた。

日向くんはみんながいなくなっても、この思い出をずっと大事に抱えていたんだ。

「どうしよう……なんで日向くん、戻ってこないの」

誰もいない部屋の中で、ひとりつぶやく。

このアパートに住んでいたみんなの未練や、それを解決しようと、日向くんと一緒に走りまわったことが、脳裏につぎつぎとよみがえってきた。

私はもう一度、みんなの荷物を手に取る。

そういえば姫さんが言っていた。『剛太の人生に、悔いはなかった』って。姫さんの人生は短かったけど、悔いのないように生きていた。

じゃあ私はどうだろう。私は悔いのないように生きているだろうか。

『人間いつ死ぬかわかんねぇ。一分一秒先のこともわかんねぇ。だから後悔しないように、いまを大事に生きろ』

一平さんに言われた言葉も思い出す。

「伝えなきゃ……」

私は立ち上がった。

――私は日向くんを必要としているよ。

この想いを、日向くんにちゃんと伝えなきゃ。

かばんから、深月さんにもらった名刺を取り出す。そこに印刷されているクリニックの名前と住所は、もう暗記してしまった。

店長はもう少し待てと言ったけど、これ以上は待てない。

「よしっ！　いこう！」

私は部屋を飛び出した。

明日なにが起こるかわからない。一分、一秒先のことだってわからない。

だったら後悔しないように、自分の想いはちゃんと伝えたい。

私は電車に乗って、名刺に書いてある住所へ向かった。

駅から少し歩いた閑静《かんせい》な住宅街に、そのクリニックはあった。

個人医院にしてはわりと大きめな、新しくて綺麗な建物だ。看板を見ると、日向くんのお父さんと深月さんの名前が書いてある。

お父さんが亡くなったといういま、深月さんがひとりで診察しているのだろうか。

まわりを見ると、クリニックの入り口から少し離れたところに、もうひとつ重厚な雰囲気の門があった。門柱についている表札には『小比類巻』と書かれている。

門の奥には、やはり立派な住宅が建っていた。どうやらクリニックと自宅が同じ敷地内にあるようだ。

日向くんの実家がお金持ちって、本当だったんだ、と、そんなことを思いながら深く息をはく。

『くれぐれも日向には連絡しないでくださいね』

深月さんの言葉が頭に浮かんだけれど、私はそれを振り払い、思い切ってインターフォンを鳴らした。

『……はい、どちらさまですか?』

しばらくするとインターフォンの向こうから、懐かしい日向くんの声が聞こえてきた。

「っ、日向くん。こ、小海です！　突然きちゃってごめんなさい。でも、どうしても話がしたくて……」

慌《あわ》てふためく私とは対照的に、日向くんは冷静に『ちょっと待っててください』と言って、玄関のドアを開けてくれた。

「ひ、久しぶりだね、日向くん。それに猫ちゃんも」

白猫を抱いて立っている日向くんを前に、私はぎこちない笑顔でそう言った。もっと他に言いたいことはあるはずなのに。

「久しぶりです」

彼は、ずいぶん疲れた表情で言う。

「外じゃ寒いので、上がってください」

日向くんに案内されて、広々としたリビングにとおされた。家のひとは誰もいないようで、ちょっとホッとする。

言われるままに、ふかふかのソファーに座って待っていると、日向くんがカップをふたつ持ってきた。中身は甘いホットミルクじゃなくて、ほろ苦いホットコーヒーだ。

「アパートに戻れなくて……申し訳ありませんでした」

日向くんが私の前に座って頭を下げた。白猫がそんな日向くんの隣に、ちょこんと座っている。

「父が亡くなったもので……」

「あ、うん、お兄さんから聞きました。たいへん……だったね」

そう言いながら日向くんの顔を見ると、彼は憔悴《しょうすい》しきった顔つきで、うつむいたまま口を開く。

「満腹さんにも挨拶《あいさつ》できなくて……すみませんでした」

日向くんはさっきから謝ってばかりだ。私はそんな言葉を聞きたくてここにきたわけじゃない。

「ねぇ、日向くん」

私はテーブルに身を乗り出すようにして聞く。

「大丈夫……なの？」

優麗荘を出ていったときの日向くんと、いま目の前にいる日向くん。

お父さんが亡くなったことがショックなのかもしれないけれど、いまの日向くんはあまりにも元気がなさすぎる。

こんなに綺麗で広い部屋にいるのに、これじゃあまるで、牢獄《ろうごく》にでも入れられているみたいだ。

すると日向くんが、ぽつりぽつりと話し始めた。

「僕がこの家にきた日、父の容態が急変しました。家族が部屋に呼ばれて、意識のあるうちに話したいことを話しなさいって言われました」

白猫は、日向くんの隣で丸まって目を閉じる。

「兄は僕に、いままで嘘をついて父を困らせていたことを謝れと言いました。父が病気になったのは、お前が心配をかけたからだとも。でも僕は謝れなかった。最後まで父に、僕は嘘をついてないと言ってしまった。そうしたら泣いたんです。僕にとって怖い存在だった、あの父が。父の涙を見たのは、もちろんその日がはじめてでした」

日向くんの声が、かすかに震えていた。

「父はそのまま意識を失い、次の日に亡くなったんです。お葬式のあと、僕は兄に怒《ど》鳴《な》られました。どこまでお前は頑固《がんこ》なんだ。ひとこと『ごめんなさい』と言えば済んだことだろうって。母はそんな僕たちを見て泣きました」

日向くんはテーブルの上に乗せた両手を、ぎゅっとにぎりしめた。

「その日からずっと考えてたんです。たしかに兄の言うとおりかもしれない。『嘘をついてごめんなさい』と、ひとこと言えばよかっただけのことだ。自分は子どもで、意地を張っていただけだったのかもしれない」

「日向くん……」

うつむいたまま、日向くんは苦しげに顔をゆがませる。

「兄にはこうも言われたんです。父さんはお前のことを最期まで気にしていた。きっとこの世に未練を残したまま逝《い》ってしまったんだろう。幽霊が見えるなら、父さんの幽霊も見えるはずだ。どうなんだ、見えるのか？　父さんはそこにいるのか？　お前のことをどう思ってる？　見えるんだろう？」

日向くんはそこまで一気にまくし立てた。

そして、ぽつりとつぶやく。

「だけど僕には見えなかった……」

「日向くん……もういいよ」

もうこれ以上、日向くんの苦しそうな声を聞きたくなかった。

だけど日向くんは首を横に振って、溜まっていたものを吐き出すように続ける。

「僕、何度も頼んだんです。父に、『出てきてくれ』って。でもいつまで待っても、父には会えなかった」

日向くんがあきらめたように、小さく息をつく。

「最近はこう思うんです。もしかしたらいままでのあれは、全部幻想だったのかもしれない。僕は兄が言うとおり、頭がおかしかったのかもしれない」

「なに言ってるの？　幻想なんかじゃないよ」

私は耐《た》え切れずに口を出した。

「お父さんには会えなかったかもしれないけど、幽霊はたしかに見えていたでしょ？だって私にも見えてたんだから。日向くんは私のことを『嘘つき』だって言うの？」

「……そんなこと、思ってないけど」

日向くんがゆっくりと顔を上げる。私はその少し青ざめた顔を見つめて続けた。

「お父さんの前で、嘘だって言うのは簡単だったかもしれない。だけどそれを言えなかったのは、嘘だと認めたら、あのアパートで出会ったひとたちもみんな、なかったたものになってしまうから。日向くんは、そんなことできなかったんでしょう?」

日向くんが黙り込む。

「でも、そのやさしさのせいで、お父さんにはつらい思いをさせてしまった。日向くんはそれを悔やんでる。だけどそれも全部、日向くんがやさしすぎるから」

「そんなことないです」

私は手を伸ばし、テーブルの上の日向くんの手をぎゅっとにぎる。彼の手は、とても冷たい。

「お父さんはわかってくれてるよ、日向くんのこと」

日向くんはじっと、テーブルの上で重なった手を見つめている。

「お父さんは……日向くんのお父さんは……きっと天国で、日向くんの幸せを祈ってくれてると思う」

日向くんはなにも言わなかった。

「日向くん。戻ってきて」

私は、重ねた手に力を込める。

「また優麗荘に戻ってきて欲しい。日向くんに」

だけど日向くんは、そっと私の手を離してつぶやいた。

「こんな僕が……もうあそこに戻る意味はない」

「そんなことない！」

私はもう一度、日向くんの手をつかまえる。

「私が日向くんを必要としているの。帰ってきて、お願い……私には、日向くんが必要なの」

しばらく黙り込んだ日向くんの手が、再びするりと私から離れた。

「小海さん……ごめんなさい」

私は黙って日向くんを見つめる。けれど、うつむいてしまった彼は、二度と私を見てくれなかった。

第7章

あたたかい風が吹き、桜の花が満開を迎えたころ、私はお部屋探しをしている若いご夫婦を連れ、優麗荘の庭に立った。

「へぇ……これはなかなか昭和チックな建物ですね……」

アパートを見上げた男のひとが、少し及び腰な様子で言う。

「そうね……レトロというか、ノスタルジックというか……」

隣に立つお腹の大きな女のひとも、建物を見上げてつぶやいた。

「たしかに築年数は古いですけど、お部屋はリフォームしてありますし、一階はお庭つきです。それになんといっても、お家賃が安いんですよ」

私はそう言って、にこにこと笑顔を作る。けれど目の前のふたりは、渋い表情のままだ。

「家賃が安いのは魅力的だけど……」

「なんか幽霊でも出そう」

その言葉に、私はちょっとどきっとする。

「幽霊が住んでいました」と言ったら、このひとたちは信じてくれるだろうか。

「お部屋の中もご覧になってください」

「どうする？　けんちゃん」

「一応見てみるか」

気乗りしないようなふたりを、一階の奥の部屋に案内する。美雨ちゃんと咲良さんが住んでいた部屋だ。

ふたりを部屋に上げて、庭に面した窓をカラリと開ける。

「たしかに中は綺麗だな。広いし」

「庭があるのもいいよね。子どもが遊ぶのに」

男のひとが先ほどより明るい表情を浮かべると、女のひとがそう言って、自分のお腹をやさしくなでた。

「予定日は、いつなんですか？」

私はふっくらとしたお腹を見つめて聞く。

「来月なんです。いま住んでる部屋が、国道に面していてうるさくて。この子は静かな環境でのびのびと育ててあげたいって思って、引っ越し先を探してるんです」

幸せそうに微笑む女のひとに笑顔を返しながら、私は頭の中で『咲良さん』のことを思い出した。

赤ちゃんを産むことができなかった咲良さん。そのつらい想いをわかってあげていたひとが、咲良さんのそばにどのくらいいたんだろう。

「おーい、とこちゃん！　見てみろよ。風呂も広いぞ！」

お風呂場から男のひとの声が聞こえる。とこちゃんと呼ばれた女のひとは、私を見てふふっと笑う。

「あのひと、お風呂がとっても好きなんです」

私に向かってそう言い、彼女が彼のところへいく。すると、すぐにお風呂場からふたりの笑い声が響いてくる。

その幸せそうな声を聞きながら、私は開いた窓から外を眺《なが》めた。

「あ、雨……」

明るい空が、静かな雨を落とす。雲の隙間から差すうっすらとした日差しが、透明な雫《しずく》を輝かせる。

「わぁ、きれいな雨ね」

部屋に戻ってきたふたりが、私と一緒に空を見上げた。

「なぁ、美しい雨って書くのはどうだ？」

「あっ、いいかも。美しい雨で『みう』。素敵！」

私は少し驚いて、ふたりを振り返る。

「それって、赤ちゃんの名前ですか？」

「そうなんです。『みう』って名前でお腹の子を呼んでるんですけど、漢字が決まってなくて」

胸が、ふわっとあたたかくなった。

「美雨ちゃんって、素敵な名前だと思います」

私の言葉に、ふたりは顔を見合わせてにっこりと微笑む。

窓の外では、美しい雨がさらさらと降り続いていた。


「ああ、小海ちゃん」

翌日。出勤した私に満腹店長が声をかけてくる。

「昨日、優麗荘を内見したご夫婦。他で紹介してもらった物件に決めましたって、連絡ありました」

「えっ……」

なんとなく予想していたけれど、それでもやっぱりショックだ。私はがっくりと肩を落とす。

「そうですか。力及《およ》ばず、すみません」

「いやいや、小海ちゃんはよくやってくれました。お客さんもね、熱心に案内してくれた一ノ瀬さんにお礼を言っておいてくださいって、わざわざ電話をくれたんですよ」

その話を聞いて、落ち込んだ気持ちがちょっとだけ浮上する。

「きっと綺麗なマンションにでも決めたんでしょうね。新婚さんですものね」

私は想像する。明るくて広々したお部屋で、暮らすふたりを。やがて赤ちゃんが産まれて、家族が増え、リビングには笑顔と笑い声が溢《あふ》れて……

想像するだけで、こっちまで幸せな気持ちになれる。

「でも店長」

私の呼びかけに店長がお茶をすすりながら、のん気な顔をしてこちらを向く。

「このままでは優麗荘の入居者が決まる気がしません」

「そうですねぇ。幽霊には人気物件だったんですけどね」

「それは日向くんがいたから……」

言いかけて口を閉じる。

　日向くんとはあれきり、会っていない。

「あ、あのアパートを建てかえるっていうのはどうですか？　かなり老朽化《ろうきゅうか》してますし。あ、名前を変えるとか。もっとオシャレでカッコイイ、フランス語とかイタリア語とかの……それともいっそ、マンションにしちゃいます？」

「それでは優麗荘じゃなくなってしまいます。あそこは優麗荘のままで、日向くんが戻ってくるのを待っていてあげたいんです」

「店長……」

　そうか。店長も、日向くんが戻ってくるのを待っているんだ。

「そうですね。あそこは優麗荘のままじゃなきゃ、ダメですね」

　私がそう口にすると、店長はにっこり微笑んでお茶をすする。それから思い出したように、買ったばかりのスマホを取り出した。

「ああ、そうそう。これ見てください」

　ぎこちなく指先を動かし「あった、これこれ」と言って、私にスマホの画面を見せる。

それは少し成長した、優麗荘に住んでいた猫たちの写真だった。そういえば張り紙を作るとき、満腹不動産の電話番号と、店長のアドレスを載《の》せたのだった。

「あっ、黒ちゃんと三毛ちゃん！　大きくなったみたい！　三毛ママさんもいる！」

「そうなんですよ。里親さんたちがメールで近況報告してくれました。みんなそれぞれのおうちで、幸せに暮らしていますよ」

「よかった」

私は店長へにっこりと笑いかけると、再び画面に目を落とした。庭で遊んでいた猫たちが、新しい飼い主さんに抱かれて映っている。きっとかわいがってもらっているんだろう。

友朗さん。もう安心して大丈夫ですからね。

店長にスマホを返しながら、私は言う。

「店長、この写真、私のスマホにも送ってもらえますか？」

「ああ、いいですよ。えっと、どうやれば……」

店長と一緒にスマホを操作して、猫たちの写真を送ってもらった。そして届いた写真をメールで転送する。

『優麗荘の猫ちゃんたちは、みんな幸せに暮らしてます』とコメントを添えて。

私はスマホから目を離し、店の外を見る。

建物と建物の間を、どこからか飛んできた桜の花びらが、一枚ふわりと舞っていた。

春のあたたかい風が吹く夜道を、私はひとりで歩く。雲の隙間からは、ぼんやりとした月が顔をのぞかせている。

「夕食にコロッケはいかがー？　揚《あ》げたてだよー」

『はるみや』のおばちゃんの声と揚《あ》げものの匂いに、今夜もつい誘《さそ》われた。

「コロッケ、ふたつください」

「はいよ！　小海ちゃん、まいど！」

威勢《いせい》のいいおばちゃんの声も、あいかわらずだ。

「一個、おまけしとくよ！」

「え、いいんですか？」

「小海ちゃんには、いつも買ってもらってるからね」

「ありがとうございます」

ほかほかのコロッケを受け取り、スマホで写真を撮らせてもらった。

「それ、SNSとかいうやつに載《の》せるの？　ちゃんと宣伝しておいてね！」

おばちゃんの声に苦笑いする。

ごめんね、おばちゃん。そうじゃないんだ。

写真を添付してメールを送る。『食べたくなったでしょ？』、というコメントを添えて。

返事がこないことは、わかっているけど。

「おばちゃん、またくるね」

「いつもありがとねー」

スマホをしまい、おばちゃんに笑顔で手を振ると、コロッケの袋を抱えて歩き出す。

いつもの商店街。いつもの帰り道――の、はずだった。

「にゃあ」

はっと足元を見下ろすと、茶トラが私のことを見上げている。

「あっ、この猫……」

この、まん丸顔の茶トラに会うのは久しぶりだった。優麗荘の猫がいなくなってから、茶トラの姿も見えなくなっていたから。

猫は狙いを定めると、ぴょんっと私の腕に飛び乗り、器用に袋の中のコロッケを一個口にくわえた。

「ああっ！　私のコロッケ！」

茶トラが飛び下り、どたどたと商店街の中を走り出す。それを、私はコロッケの袋を胸に抱え、慌《あわ》てて追いかけた。

「ちょっと待って！　あんた、どこいくのよ！」

茶トラは、歩くひととぶつかりそうになりながら商店街を抜け、駅の反対側へ向かっていく。

この道は――『優麗荘』へ続く道だ。

だけどどうしていま、この猫が？　もうあそこに子猫たちはいないし、私はキャットフードを持っていない。

茶トラはしっぽをぴんっと立てて、迷いなく進む。

アパートが近づいてきた。次の角を曲がれば、すぐそこだ。

すると茶トラがぴょんっと跳《は》ね、いきなりスピードアップして、アパートに入っていった。

「あ、待って！」

私は急いで追いかける。角を曲がり、垣根の中の庭をのぞき込む。

そこにはあの茶トラと――しゃがみ込んで茶トラをなでている人影が見えた。

「……日向くん？」

私の声に、猫をなでているひとが顔を上げる。薄闇の中、その人物が手に持ってい
るスマホが、ぼうっとあたりを照らす。

「小海さん」

私の名前を呼んで立ち上がったのは、ずっと待っていたひと――日向くんだった。

「どうして……ここにいるの？」

私の声に、日向くんが答える。

「さっき……この茶トラに、案内されて」

茶トラに？　私と同じだ。

日向くんの足元にふと目を向けると、茶トラが私から盗《ぬす》んだコロッケを満足そうに
食べていた。

「いま、これを見てました」

日向くんが差し出したスマホには、私が送ったコロッケの画像が映っていて、いまさらながら恥ずかしくなる。

コロッケだけじゃない。日向くんには、他にもいろんな写真を送った。

姫さんが生まれた町によく似ている、私が生まれた町の海。

百合《ゆり》の花が供《そな》えられている、夕陽の当たる歩道橋。

明るい空から降る、美しい雨。

里親さんに抱かれる、幸せそうな猫たち。

私と同じものを見て、優麗荘やみんなのことを、日向くんにも思い出して欲しかったから。

「いつも、元気をもらってました。返事できなくて、すみません。自分のこと、ちゃんとしてから、返事をしたかったんです」

日向くんは少し目を細めて、足元の茶トラを見下ろす。

「日向くん……なんか雰囲気変わった？」

街灯の灯りがなくてもわかるほど、日向くんの顔は前より日に焼けている。髪もさっぱりと短くなって、どことなく逞《たくま》しくなったような感じがした。

「そうですか？　僕いま、『新渡戸建設』で働いてるんです」

「え、そこって……麻衣子さんの会社？」

「そうです。駅前でビルの工事をやってて、そこの高いところに上ったりしてます」

「危なくないの？」

「大丈夫ですよ。心配しなくても」

「心配するよ！」

思わず声を上げ、日向くんの腕をつかむ。

「私はずっと、心配してた！　日向くん、なにしてるのかな。ちゃんとご飯食べてるかな。風邪引いてないかな。お兄さんと喧嘩《けんか》してないかな、って……ずっと、心配してたんだから！」

「……すみません」

私が涙交じりの声でそう言うと、日向くんはうつむいた。茶トラがのそっと起き上がって、私たちの顔を不安そうに見上げる。

「小海さんが実家にきてくれたとき、本当はすごくうれしかったんです。戻ってきて欲しいって言ってもらえて……だけど、あのときはまだ頭の中ぐちゃぐちゃで……いま戻っても、僕にはなにもできないって思いました」

「そんなこと……ないのに」

日向くんが小さく息をつく。

「それからひとりになって、ずっと考えてました。自分はどうすればいいのか、どうするべきなのか。でも、考えれば考えるほどわからなくなって……そんなとき、姫さんと一平さんの声が聞こえた気がしたんです。『後悔しないように生きろ。俺たちみたいに死んでからじゃ遅いんだ。日向はまだ、生きているんだから』って」

日向くんが空を見上げる。蒼《あお》い夜に浮かぶのは、満月には足りない少し欠けた月。

私は黙って日向くんの横顔を見る。

「それを聞いたら、ああそうだなって。また僕は逃げようとしてたんだなって。だからまずは行動に移そうと、ちょうど従業員募集中だった新渡辺建設へ面接にいきました。そしたらすぐにきてくれって言われて、働き始めたんです」

日向くんは空を見たまま、つけ加える。

「兄とはまた少し、もめたけど」

そうつぶやいた日向くんが、どこか大人びた表情で私を見た。

「でも今度こそ、実家に頼らないでひとりでやってみようと思うんです。それで、もし空《あ》いていたらなんですけど……」

日向くんは、私の前で姿勢を正す。

「またあの部屋を契約させてもらえませんか？　今度は親の名義じゃなくて、僕の名前で」

あたたかい風がふわっと吹いた。月の浮かぶ空から、桜の花びらが雪のように舞い落ちる。うっすらとした月明かりが、その花びらと優麗荘を、ぼんやりと照らす。そして一瞬、懐かしいひとの笑顔が見えた気がした。

友朗さんだ――

私は静かに目を閉じ、友朗さんの姿を思い浮かべる。それからゆっくりと目を開き、日向くんに笑顔を向けた。

「優麗荘２０２号室。ご契約いただき、ありがとうございます」

日向くんがはにかむように笑う。

友朗さんも、他の幽霊たちも、みんなたしかにここにいた。そしていまでも、私たちのことを見守ってくれている。

しめる。
日向くんが手のひらを広げた。その上にふわりと落ちた花びらを、きゅっとにぎり
「ただ……」

「父の幽霊だけは、最後まで出てきてくれませんでしたけど」

少し寂《さび》しそうに、日向くんがつぶやく。

日向くんがお父さんのことを、いまどう思っているのかはわからない。きっと他人が入ることのできない、複雑な関係なのだと思う。

「でもきっと、これでいいんだよ」

私は日向くんの横顔に言う。

「日向くんのお父さんは、天国で日向くんのことを待ってくれている。だから、これでいいんだよ」

日向くんが微笑んだ。

「そうですね」

「今度お父さんに会えたときは、言いたいことを言い合える仲になれたらいいね」

淡い月明かりと、やわらかい花びらに包まれて、日向くんが静かにうなずく。私は

持っていた袋をそっと差し出した。

「それじゃあ、日向くんの引っ越し先も決まったし、とりあえず一緒に、コロッケでも食べようか」

私の言葉に、日向くんが笑う。

「はい。ちょうど食べたかったところです」

笑い合う私たちの足元で、茶トラが月を見上げて「にゃあああ」と長く鳴いた。

エピローグ

じりじりと夏の日差しが照りつける朝、私は優麗荘へ向かって歩く。

蝉《せみ》の鳴き声を聞きながら、緑の生《お》い茂《しげ》った垣根の中をのぞくと、庭で白い子猫とじゃれ合っている日向くんの姿が見えた。

「おはよう。日向くん」

「おはようございます。小海さん」

猫にご飯をあげる仕事はもうないけれど、私はまだ満腹不動産で働いている。いまは、毎朝このアパートに巡回にくるのが、私のお仕事だ。

「トモロー、大きくなったね」

私は庭に入り、日向くんの隣に並ぶ。白い猫の名前はトモロー。由来は友朗さんの猫だったから。もうちょっとひねりのある名前はなかったのかと名づけ親の日向くんに聞いたら、英語の『tomorrow』とかけているんだと説明された。それを聞くと、なかなかいい名前だと思えてきた。

「もうすぐ一歳ですからね」

「そっかぁ、トモローもうすぐ一歳かぁ」

そう言って抱き上げると、トモローは「みゃあ」と、私の顔を見て鳴いた。

日向くんは毎日仕事にかよっていて、時々私と美味《おい》しいご飯をお腹いっぱい食べたり、服を買いにいったりする。

そして――前より毎日を、大切に生きるようになったようだ。

「今日も暑くなりそうだね」

私は青い空を見上げて言う。

「そうですね。こんな日は、海にでもいきたいですね」

日向くんの口からそんな言葉が出るのは、ちょっと意外だ。

「だったら今度、私の生まれた町に遊びにおいでよ。海は綺麗だし、実家には、『ウミ』って名前の猫がいるの」

「へぇ……」

日向くんが興味深そうに目を見開く。

「お父さんが気に入ってた、小さな入り江にも案内するよ？」

「小海さんの名前の由来になった場所ですね」

私は日向くんの顔を見て、照れながらうなずく。

「いいですね。いってみたいです」

「ぜひ」

と、私が笑ったそのとき、聞き慣れない声が耳に響いた。

「ひなたー。コンビニでアイス買ってきてくれなーい？　イチゴ味のやつ」

驚いて顔を向けると、アパートの階段から下りてきた制服姿の女の子が、日向くんの隣で立ちどまった。白いブラウスにチェックのリボン、リボンと同じチェックのスカートを穿《は》いている。

「だ、誰？」

「あなたこそ、誰？」

女の子が怪訝《けげん》な顔で私を見た。

「私はこのアパートを管理している満腹不動産の、一ノ瀬小海といいます」

私がそう挨拶《あいさつ》すると、日向くんが口を挟む。

「見えるんですか？　小海さん」

「え、見えるって……見えるけど？」

なんだかすごく、嫌な予感がする。

「この子、川澄杏奈《かわすみあんな》ちゃん。女子高生の幽霊です。学校帰りに車にはねられたらしいんですけど、まだやりたいことがあるから死ねないって……話を聞いてあげてるうちに、ついてきちゃって、ここに住みたいそうです」

「ええっ、ちょっと待って！　そんな勝手に」

「いいじゃん。どうせこのアパート、空室だらけなんでしょ？　ひと部屋くらい貸してよ。あたし、ひなたの隣がいいなぁ」

そう言って馴れ馴れしく日向くんの腕に絡みつく杏奈ちゃんの手を、私はさりげなく引き離す。

「だったらちゃんと契約してください！」

「は？　めんどくさ。てか、契約ってなーに？」

生きている人間の入居者は見つからず、やってきたのはまた幽霊……なんだか頭が痛くなってきた。

「みゃー」

「あ、トモロー。こっちおいで」

杏奈ちゃんがトモローを抱き上げる。あの人見知りのトモローが、杏奈ちゃんの頬にすりすりして、彼女はくすくすと笑う。

その無邪気な笑顔を見ていたら、胸がちょっと痛くなった。

この子はもう、この世にいないんだ。

いつの間にか現れた茶トラが私の足元に擦《す》り寄って、低い声で「にゃあ」と鳴く。

「しょうがないな……じゃあ２０３号室をお貸しします」

「やった！　不動産屋さん、話わかるじゃん！」

「よかったですね」

トモローを抱いた杏奈ちゃんが、にこにこと私と日向くんに笑いかける。

「じゃ、お部屋いってくる！　あ、ひなた、アイス頼んだからね！」

杏奈ちゃんがトモローを日向くんの胸に押しつけ、バタバタと階段を上っていく。

私は小さくため息をつき、日向くんをジトッと見つめた。

「日向くん……きっとまた、幽霊にこき使われるよ？」

「大丈夫です。やっぱり必要とされるのはうれしいですし……でも、もう無理はしないし、危険なこともしません。友朗さんに心配されちゃいますから」

日向くんが幸せそうに笑っている。その顔を見ていると、ひとり悩んでいるのがバカらしくなって、思わず一緒に笑ってしまった。

「小海さんも、僕が必要なんですよね？　だったらなんでも頼ってください」

「じゃあ、ひとつお願いしようかな」

私は日向くんに向かって言う。

「杏奈ちゃんの未練を断ち切って、ちゃんといくべきところへ案内してあげてよ。私と一緒に」

日向くんが私に向かって微笑む。

「わかりました。一緒にやりましょう」

日向くんの腕の中で、トモローがのんびりと欠伸《あくび》をする。私の足元にいる茶トラは、満足そうに「にゃあ」と鳴く。

真夏の青い空の下。幽霊アパートの新入居者さんのため、私と日向くんの新しいお仕事がはじまった。

松田詩依

Matsuda Shiyori

霧原骨董店《きりはらこっとうてん》

あやかし時計と名前の贈り物

付喪神《つくもがみ》達と紡ぐ
騒がしくて愛おしい日々

あやかしが見えるという秘密を抱えた大学生の一樹。

ひょんなことから彼は、付喪神が宿る“いわく憑き”の品を扱う店で働くことになった。その店の名は『霧原骨董店』。

寂れた店での仕事は暇なものかと思いきや、商品に宿った気ままなあやかし達に振り回される日々が始まって——？

修理しても動かない懐中時計に、呪いのテディベア、着ると妖しく光る白無垢、曇りが取れない神鏡——事情を抱えた付喪神達と綴る、心に沁みるあやかし譚。

◎定価：本体640円＋税　◎ISBN978-4-434-25287-7　◎Illustration：ぴっぴ

ようこそアヤカシ相談所へ
ようこそあやかしそうだんじょへ
Matsuda Shiyori
松田詩依
やっと決まった
就職先は、幽霊達の駆け込み寺でした……
アルファポリス「第1回キャラ文芸大賞」優秀賞作品!
失敗続きの就活に疲れ果てた女子大生・山上静乃《やまがみしずの》は、ある日大学で出会った白髪の青年・倉下《くらした》から、「相談所職員募集中」と書かれた用紙を渡される。
断りきれず記載の場所を訪ねると、そこはなんとボロボロの廃ビル……しかも中で待っていたのは人間嫌いの所長・ササキと、個性豊かな幽霊達だった!
「あれ、私ひょっとして幽霊に好かれてる?」
自信を失いかけていた静乃が優しく幽霊に寄り添い、彼らの悩みを解決に導いていく――。
◎定価:本体640円+税
◎ISBN978-4-434-24938-9
◎Illustration:けーしん

あやかし蔵の管理人
朝比奈和
あさひな・なごむ
居候先の古びた屋敷は
あやかし達の憩いの場!?
突然両親が海外に旅立ち、一人日本に残った高校生の小日向蒼真は、結月清人という作家のもとで居候をすることになった。結月の住む古びた屋敷に引越したその日の晩、蒼真はいきなり愛らしい小鬼と出会う。実は、結月邸の庭にはあやかしの世界に繋がる蔵があり、結月はそこの管理人だったのだ。その日を境に、蒼真の周りに集まりだした人懐こい妖怪達。だが不思議なことに、妖怪達は幼いころの蒼真のことをよく知っているようだった——
あやかし蔵の管理人
朝比奈和
居候先の古びた屋敷は
あやかし達の憩いの場!?
アルファポリス
「第1回キャラ文芸大賞」
優秀賞
作品!
◎定価：本体640円＋税
◎ISBN978-4-434-24934-1
◎Illustration：neyagi

古く寂れた喫茶店を実家に持つ鹿嶋美来《かしまみらい》は、ひょんなことから巨大な老猫を拾う。しかし、その猫はなんと人間の言葉を話せる猫の神様だった！　しかも元々美来が飼っていた黒猫も「実は自分は猫鬼《びょうき》だ」と喋り出し、仰天する羽目に。なんだかんだで化け猫二匹と暮らすことを決めた美来に、今度は父が実家の喫茶店を猫カフェにしたいと言い出した！　すると、猫神がさらに猫又《ねこまた》と仙狸《せんり》も呼び出し、化け猫一同でお客をおもてなしすることに——!?

◎定価：本体640円+税　◎ISBN978-4-434-24670-8
◉illustration:pon-marsh

この作品に対する皆様のご意見・ご感想をお待ちしております。

おハガキ・お手紙は以下の宛先にお送りください。

【宛先】

〒150-6005 東京都渋谷区恵比寿 4-20-3 恵比寿ｶﾞｰﾃﾞﾝﾌﾟﾚｲｽﾀﾜｰ 5F
(株) アルファポリス　書籍感想係

メールフォームでのご意見・ご感想は右のＱＲコードから、
あるいは以下のワードで検索をかけてください。

アルファポリス　書籍の感想　検索

ご感想はこちらから

アルファポリス文庫

幽霊《ゆうれい》アパート、満室御礼《まんしつおんれい》！

水瀬さら（みなせ さら）

2019年 2月 27日初版発行

編　集ー古内沙知・反田理美
編集長ー塙綾子
発行者ー梶本雄介
発行所ー株式会社アルファポリス
〒150-6005 東京都渋谷区恵比寿4-20-3 恵比寿ｶﾞｰﾃﾞﾝﾌﾟﾚｲｽﾀﾜｰ5F
TEL 03-6277-1601（営業） 03-6277-1602（編集）
URL http://www.alphapolis.co.jp/
発売元ー株式会社星雲社
〒112-0005 東京都文京区水道1-3-30
TEL 03-3868-3275
装丁イラストーげみ
装丁デザインーAFTERGLOW
印刷ー中央精版印刷株式会社

価格はカバーに表示されてあります。

落丁乱丁の場合はアルファポリスまでご連絡ください。

送料は小社負担でお取り替えします。


ISBN978-4-434-25564-9 C0193